La Farce de Maître Pathelin

Texte intégral

Adapté par Fanny Deschamps

LE DOSSIER
Une farce sur la ruse

L'ENQUÊTE
Quelle justice pratique-t-on au Moyen Âge ?

Notes et dossier
Fanny Deschamps
certifiée de lettres modernes

Collection dirigée par
Bertrand Louët

Sommaire

OUVERTURE

Qui sont les personnages ?............. 4
Quelle est l'histoire ?.................. 6
Qui est l'auteur ?..................... 8
Que se passe-t-il à l'époque ?.......... 9

Un bateleur et des paysans (scène de théâtre), 1542, manuscrit, Bibliothèque Municipale, Cambrai.

© Hatier, Paris, 2013
ISBN : 978-2-218-97159-4

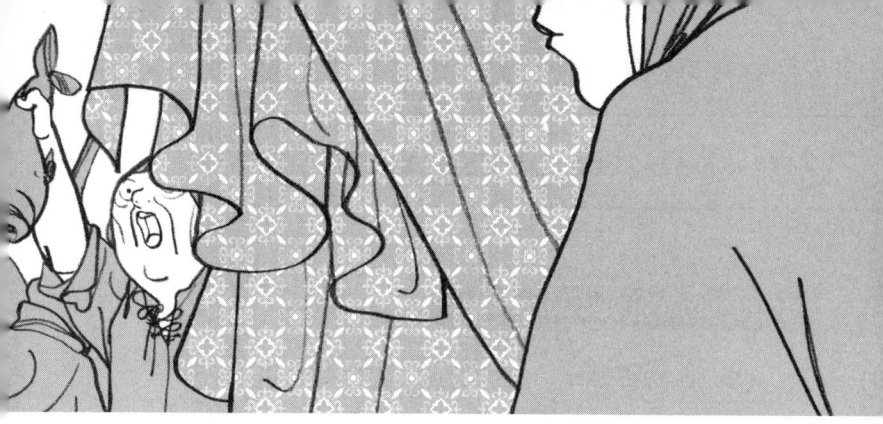

La Farce de Maître Pathelin 10
Acte I 13
Acte II 28
Acte III 47

LE DOSSIER
Une farce sur la ruse
Repères 66
Parcours de l'œuvre 68
Textes et image 80

L'ENQUÊTE
Quelle justice pratique-t-on au Moyen Âge ? 84
Petit lexique de la farce. 95
À lire et à voir 96

* Tous les mots suivis d'un * sont expliqués dans le lexique p. 95.

La Farce de Maître Pathelin

Qui sont les personnages ?

Les personnages principaux

MAÎTRE PIERRE PATHELIN
Maître Pathelin est un avocat sans client, réduit à la pauvreté. Mais ses beaux discours et son talent de comédien en font également un maître en tromperies…

GUILLEMETTE
La femme de Pathelin est rusée et lucide. C'est une habile comédienne, capable de tout pour défendre sa maison et son mari en dépit de la piètre moralité de ce dernier.

OUVERTURE

Les personnages secondaires

GUILLAUME JOCEAULME
Ce riche drapier vend des étoffes tissées avec la laine de ses moutons. C'est un commerçant âpre au gain mais également vaniteux et naïf.

LE JUGE
Chargé de rendre la justice, le juge exerce sa fonction sans clairvoyance. Il semble surtout pressé d'expédier l'affaire.

THIBAUT L'AGNELET
Ce berger au service de Guillaume Joceaulme est un paysan rusé et sans scrupule. C'est ainsi qu'il parvient à échapper à une accusation de vol en jouant l'idiot devant le juge.

La Farce de Maître Pathelin

Quelle est l'histoire ?

Les circonstances

La pièce se déroule chez Maître Pathelin, puis sur une foire, à l'étal d'un drapier, enfin au tribunal.
L'action est contemporaine de la date de l'écriture de la farce (seconde moitié du XVe siècle).

L'action

L'avocat Maître Pierre Pathelin et son épouse, Guillemette, n'ont plus d'argent et plus rien à se mettre. Mais Pathelin promet à sa femme de lui rapporter de la foire un morceau d'étoffe.

Pathelin parvient, à force de flatteries, à se procurer de l'étoffe à crédit chez le drapier, Guillaume Joceaulme.

OUVERTURE

Le but

Cette farce montre comment la ruse peut inverser les rapports de force et la hiérarchie sociale, puisque c'est un simple berger qui a le dernier mot de la pièce. À travers le dernier acte qui met en scène une caricature de procès, elle fait aussi la satire de la justice au Moyen Âge.

Bergers, Cathédrale de Chartres, XIIe siècle.

Guillaume Joceaulme se rend chez Pathelin pour se faire payer. Mais Pathelin fait semblant d'être malade et Guillaume repart bredouille.

Thibaut l'Agnelet, accusé par Guillaume de voler ses moutons, choisit Pathelin comme avocat et lui promet de bien le payer pour ce service. Pathelin trouve une nouvelle ruse pour défendre son client.

La Farce de Maître Pathelin

Qui est l'auteur ?

Auteur anonyme

● UNE PIÈCE ANONYME
Datée de la seconde moitié du XVe siècle (vers 1460), cette pièce a été attribuée à différents auteurs (dont le poète François Villon), mais sans aucune certitude. La pièce est de fait considérée aujourd'hui comme anonyme.

● L'ŒUVRE D'UN CLERC
De la lecture de la farce, on peut déduire que l'auteur a fait des études, puisqu'il connaît parfaitement le latin et maîtrise la composition versifiée (le texte original est en vers). L'auteur était donc certainement un clerc, autrement dit un homme qui savait lire et écrire. Il a peut-être été juriste (fonctionnaire au Parlement de Paris) car beaucoup de juristes écrivaient, montaient et jouaient des pièces de théâtre. Or *La Farce de Maître Pathelin* est très riche en vocabulaire juridique et met en scène un procès.

● D'ORIGINE NORMANDE
La langue (ancien français mêlé de formes normandes) et différentes références à des croyances ou des usages normands indiquent que notre auteur connaissait particulièrement bien cette région. Il était peut-être normand ou parisien d'origine normande.

HISTOIRE	**1337-1453** Guerre de Cent Ans		**1429-1461** Règne de Charles VII
LITTÉRATURE	**1394** Naissance de Charles d'Orléans, poète, auteur de ballades et de rondeaux, mais aussi père du futur roi de France Louis XII	**1431** Naissance de François Villon, poète le plus connu du Moyen Âge (*L'Épitaphe Villon*)	**Vers 1450** *La Farce de Maître Pathelin* Arnoul Gréban, *Le Mystère de la Passion*

OUVERTURE

Que se passe-t-il à l'époque ?

Sur le plan politique

● **GUERRE, PESTE ET FAMINE**
La première moitié du XVe siècle est marquée par trois fléaux : la guerre de Cent Ans, la peste et la famine.

● **RETOUR DE LA PAIX ET CONSOLIDATION DU POUVOIR ROYAL**
La seconde moitié du siècle voit le renforcement du pouvoir royal grâce à l'investissement des princes dans le contrôle de la fiscalité, le respect de la justice, et l'inaliénabilité du domaine.

● **RETOUR DE LA PROSPÉRITÉ**
À la fin du XVe siècle, la population augmente, les terres sont de nouveau cultivées, les petites industries renaissent et le commerce se développe.

Sur le plan littéraire

● **LES PREMIERS LIVRES IMPRIMÉS**
Gutenberg imprime le premier livre européen, une bible, en 1454. La première imprimerie française s'installe à Paris en 1470.

● **L'ESSOR DE LA LITTÉRATURE**
La poésie, accompagnée ou non de musique, est le genre littéraire le plus réputé et le plus noble (Christine de Pisan, François Villon). Parallèlement naissent les reportages et les témoignages historiques, les chroniques (Philippe de Commynes, Jean Froissart).

● **L'ÉPANOUISSEMENT DU THÉÂTRE**
Les pièces de théâtre, religieuses (les mystères et les miracles) ou profanes (la sotie, la moralité et la farce), se multiplient.

1461-1483
Règne de Louis XI, qui assure définitivement l'unité du royaume

1483-1498
Règne de Charles VIII et début des campagnes d'Italie (1494)

1498-1515
Règne de Louis XII et guerres d'Italie (1499-1512) au cours desquelles les Français découvrent la Renaissance italienne

---

1454
Premier livre imprimé, La Bible de Gutenberg

1461
François Villon compose *Le Testament*, son plus beau poème

1498
Philippe de Commynes, *Les Mémoires*

1499
Erasme, *Adages*

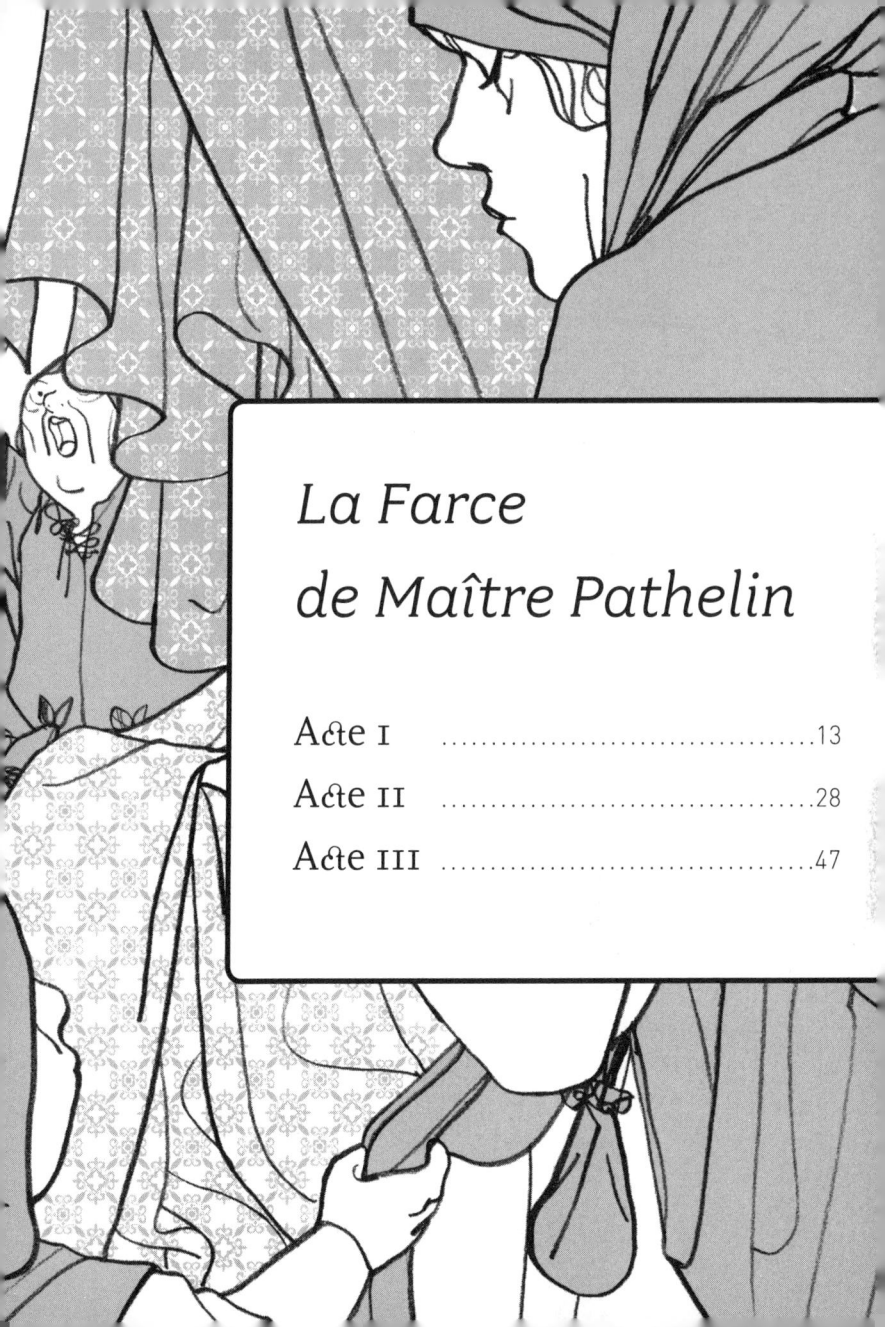

La Farce de Maître Pathelin

Acte I 13
Acte II 28
Acte III 47

La Farce de Maître Pathelin

LES PERSONNAGES

Maître Pierre Pathelin, *avocat.*
Guillemette, *femme de Pathelin.*
Guillaume Joceaulme, *drapier.*
Thibaut l'Agnelet, *berger.*
Le juge

À l'origine, la pièce se déroule sans interruption du début à la fin. Cependant trois séquences se distinguent nettement. Pour faciliter la lecture de la pièce, elles sont réparties en trois actes, divisés en scènes selon les déplacements des personnages.

Les spectateurs voyaient simultanément plusieurs lieux sur scène (l'intérieur de la maison de Pathelin, l'étal du marchand, la salle du procès). Ces lieux étaient représentés très simplement, par quelques objets.

Le texte initial ne comporte quasiment aucune didascalie (« Maître Pierre commence » et « Pathelin, en comptant sur ses doigts »). Pour cette traduction, d'autres ont été ajoutées.

Le texte a également été adapté en français moderne pour faciliter sa compréhension, sauf les passages en retrait dans le texte qui sont conformes à la version d'origine.

Acte I
SCÈNE 1 – MAÎTRE PATHELIN, GUILLEMETTE

D'un côté, l'intérieur de la maison de Maître Pathelin et, de l'autre, l'étal du drapier.

PATHELIN *commence*. – Par Sainte Marie● ! Guillemette, j'ai beau me donner du mal à grappiller une affaire par-ci et glaner une affaire par-là, ça ne rapporte rien. Pourtant, j'avais des clients avant...

GUILLEMETTE. – « Par Notre Dame » ! comme vous dites, vous, les avocats. J'y pensais aussi. C'est que votre réputation a bien baissé... Il y a quelque temps, je me souviens, chacun voulait vous avoir pour gagner son procès. Maintenant on vous traite partout d'avocat à la noix.

PATHELIN. – Pourtant, et je ne le dis pas pour me vanter, il n'y a pas d'homme plus habile que moi dans notre juridiction[1], sauf le maire.

GUILLEMETTE. – C'est qu'il a lu le grimoire[2], lui, et fait de longues études.

PATHELIN. – Si je veux, voyez-vous, je peux expédier son affaire à n'importe qui. Et pour autant, on ne peut pas dire que j'aie passé beaucoup de temps dans les livres. Pourtant je peux me

---

1. **Juridiction** : territoire où un tribunal exerce ses compétences.
2. **Grimoire** : prononciation populaire de *grammaire* signifiant « grammaire latine ». Par extension, le mot signifie « livre d'instruction » mais aussi « livre incompréhensible » parce que le latin était pour beaucoup une langue étrangère. Guillemette joue ici sur les différents sens.

● Le texte comporte une multitude d'adresses à Dieu, à la Vierge, aux saints et au diable. La farce reflète ainsi le système religieux fondé sur l'opposition du Bien (incarné par Dieu et les saints) et du Mal (incarné par le diable).

La Farce de Maître Pathelin

20 vanter de savoir aussi bien chanter au lutrin[1] avec notre curé que si j'avais passé à l'école autant d'années que Charlemagne en Espagne.

GUILLEMETTE. – Et qu'est-ce qu'on y gagne ? Rien du tout. Nous mourons de faim, tout simplement. Nos vêtements sont tout
25 râpés●, et on ne sait même pas comment en avoir d'autres. On se demande à quoi ça sert, toute cette science.

PATHELIN. – Taisez-vous ! Ma foi, si je me creuse la tête, je saurai bien où en trouver, des vêtements et des chaperons[2] ! S'il plaît à Dieu, nous nous tirerons d'affaire et nous retomberons bientôt
30 sur nos pieds. Bah ! En un rien de temps, Dieu fait des miracles. Si je m'efforce de montrer mes talents, on ne trouvera pas mon égal.

GUILLEMETTE. – Par saint Jacques... dans l'art de tromper, certainement pas : vous y êtes passé maître●.

35 PATHELIN. – Doux Jésus, vous voulez dire dans l'art de bien plaider !

GUILLEMETTE. – Non, par ce dieu qui me fit naître, dans l'art de tromper ! Je m'en rends bien compte puisque, sans avoir pour ainsi dire de connaissance ou de bon sens, vous passez pour l'un des plus malins de toute la paroisse !

40 PATHELIN. – Personne ne connaît mieux que moi le métier d'avocat.

GUILLEMETTE. – Doux Jésus, non, plutôt celui de trompeur. Au moins, vous en avez la réputation.

---

1. **Lutrin** : pupitre pour les livres de chants à l'église.
2. **Chaperon** : chapeau entouré d'une sorte d'écharpe en turban qui retombe sur l'épaule.

● À la fin du Moyen Âge, le vêtement joue un rôle crucial de reconnaissance sociale. Aux yeux de la société, il est plus important que la nourriture qui, une fois absorbée, ne laisse aucune trace. Le vêtement, quant à lui, est un symbole économique et social. C'est pourquoi l'étoffe est l'objet principal de cette farce.

● Guillemette commence ici à se moquer de l'avocat dont elle dénonce le manque de compétence.

Acte I, scène 1

PATHELIN. – C'est aussi la réputation de ceux qui sont vêtus de beaux velours et de riche satin, qui se disent avocats, et qui pourtant ne le sont pas. Mais trêve de bavardage. Je veux aller à la foire[1].

GUILLEMETTE. – À la foire ?

PATHELIN. – Par saint Jean, oui ! *(Fredonnant.)* « À la foire, gentille marchande ! » *(Parlant.)* Est-ce que ça vous dérange que je marchande de l'étoffe ou quelque chose d'utile pour le ménage ? Nous n'avons rien à nous mettre.

GUILLEMETTE. – Vous n'avez ni denier ni maille[2]. Qu'allez-vous faire là-bas ?

PATHELIN. – Vous ne le savez pas ? Ma très chère, si je ne vous ramène pas assez d'étoffe pour nous deux, alors reniez-moi carrément. Quelle couleur préférez-vous ? Un gris-vert ? Une brunette[3] ? Ou une autre ? Je dois le savoir.

GUILLEMETTE. – Celle que vous pourrez avoir. Quand on emprunte, on ne choisit pas.

PATHELIN, *en comptant sur ses doigts.* – Pour vous, deux aunes[4] et demie, et pour moi, trois, et même quatre. Ce qui fait...

GUILLEMETTE. – Vous comptez largement. Qui diable vous en fera crédit ?

PATHELIN. – Qu'est-ce que ça peut vous faire ? On me le donnera vraiment à crédit, et je le paierai au jour du Jugement dernier[5], sûrement pas avant.

---

1. **Foire** : grand marché où l'on vend toutes sortes de marchandises.
2. **Denier et maille** : les plus petites pièces de monnaie. La maille est la plus petite monnaie (deux mailles font un denier).
3. **Brunette** : étoffe de très bonne qualité, souvent teinte en bleu sombre (plus raffiné que le gris-vert).
4. **Aune** : mesure qui vaut un mètre vingt.
5. **Jugement dernier** : pour certains chrétiens, jour où les hommes paraissent devant Dieu. Ici, cette mention signifie que Pathelin ne compte pas rembourser sa dette avant sa mort.

La Farce de Maître Pathelin

GUILLEMETTE. – Allez-y mon ami ! En agissant comme ça, on finira bien par tromper quelqu'un.

PATHELIN. – J'achèterai ou du gris ou du vert... Et pour une chemise, Guillemette, il me faut les trois quarts d'une aune de brunette, ou même une aune...

GUILLEMETTE. – Dieu me bénisse, vraiment ! Allez ! Et n'oubliez pas de boire, si vous trouvez Martin Garant[1].

PATHELIN. – Gardez bien la maison ! *(Il sort.)*

GUILLEMETTE. – Bon Dieu ! Quel marchand va-t-il trouver ?... Pourvu que celui-ci n'y voie que du feu !

SCÈNE 2 – PATHELIN, GUILLAUME JOCEAULME

PATHELIN. – N'est-ce pas lui là-bas ? Je me demande. Mais oui, c'est bien lui, par sainte Marie ! Il s'occupe de vendre de l'étoffe. *(Saluant le drapier.)* Dieu soit avec vous !

GUILLAUME JOCEAULME. – Et Dieu vous donne de la joie !

PATHELIN. – Mon Dieu, comme j'avais envie de vous voir ! Comment va la santé ? C'est la forme, Guillaume ?

GUILLAUME JOCEAULME. – Oui, ma foi.

PATHELIN. – Votre main, s'il vous plaît ! *(Lui prenant la main.)* Comment ça va ?

GUILLAUME JOCEAULME. – Bien, vraiment bien, à votre service. Et vous ?

PATHELIN. – Par saint Pierre l'apôtre, comme quelqu'un qui est tout à vous. Alors, la vie est belle ?

---

1. **Martin Garant** : personnage imaginaire, qui devait se porter garant d'un emprunt.

GUILLAUME JOCEAULME. – Eh bien, oui. Mais, quand on est marchand, vous pouvez me croire, tout ne va pas toujours comme on veut.

PATHELIN. – Comment vont les affaires ? Est-ce que ça nourrit son homme ?

GUILLAUME JOCEAULME. – Par Dieu, mon cher maître, on fait aller.

PATHELIN. – Ah ! Votre père – paix à son âme – quel savant c'était ! Sainte Vierge, je me rends à l'évidence, c'est tout à fait vous ! Quel bon marchand c'était, et avisé de surcroît ! Par Dieu, vous êtes son portrait tout craché ! Si jamais Dieu eut pitié d'une créature, qu'il lui pardonne tout● !

GUILLAUME JOCEAULME. – Amen, et qu'il en fasse autant pour nous quand le moment sera venu.

PATHELIN. – Par ma foi, il m'a prédit souvent, et dans le détail, ce qu'on voit à présent. Je m'en suis souvenu bien des fois. Et puis, c'était un si brave homme !

GUILLAUME JOCEAULME. – Asseyez-vous, cher monsieur ; il est grand temps d'y penser. En voilà des manières !

PATHELIN. – Je suis bien. Par le précieux corps de Jésus-Christ●, il avait...

GUILLAUME JOCEAULME. – Allons, allons ! Asseyez-vous !

PATHELIN. – Volontiers. (*Il s'assoit.*) « Ah ! Que vous verrez, me disait-il, d'étonnantes choses !● » Par Dieu, je vous jure que, pour les oreilles, le nez, la bouche et les yeux, on n'a jamais vu un enfant ressemblant autant à son père ! Et la fossette au

---

● Selon Pathelin, le père de Guillaume mérite le paradis.

● Injonction faisant référence au fils de Dieu.

● La prédiction du père de Guillaume est si vague qu'elle ne peut que se réaliser ! Cette citation insiste bien sur la bêtise du père.

La Farce de Maître Pathelin

115 menton ! C'est tout à fait votre portrait ! Et si quelqu'un disait à votre mère que vous n'êtes pas le fils de votre père, il chercherait des ennuis. Je me demande vraiment comment Mère Nature a pu former des visages aussi semblables. Car quoi ! Si l'on vous avait crachés tous les deux contre le mur, de la même
120 manière et d'un coup, on ne verrait aucune différence entre vous. Au fait, monsieur, la bonne Laurence, votre chère tante, est-elle morte ?

GUILLAUME JOCEAULME. – Diable, non !

PATHELIN. – Elle qui était si belle, si grande, si droite et si sym-
125 pathique ! Sainte Marie mère de Dieu, vous avez son allure, comme si on vous avait sculpté dans la neige ; dans ce pays, il n'y a pas, d'après moi, de famille où l'on se ressemble autant. Plus je vous regarde... Par Dieu le Père (*le fixant davantage*), quand on vous regarde, on voit votre père. Vous vous ressem-
130 blez comme deux gouttes d'eau, pas de doute ! Quel bon vivant c'était, le brave homme ! Il donnait à crédit ses marchandises à qui les voulait●. Dieu lui pardonne ! Il riait toujours de si bon cœur avec moi ! Ah, si la pire canaille de ce monde lui ressemblait, on ne se volerait pas, on ne se pillerait pas ! (*Se levant*
135 *pour toucher une étoffe.*) Que cette étoffe est belle ! Qu'elle est soyeuse, douce et souple !

GUILLAUME JOCEAULME. – Je l'ai fait faire telle quelle avec la laine de mes bêtes.

PATHELIN. – Eh bien ! Vous savez gérer vos affaires ! Vous êtes
140 bien le fils de votre père ! Toujours au travail !

GUILLAUME JOCEAULME. – Que voulez-vous ? Si l'on veut vivre, il faut travailler sans relâche et se donner du mal.

● Par ce compliment, Pathelin prépare sa future requête : le paiement à crédit de l'étoffe.

Acte I, scène 2

PATHELIN, *touchant une autre étoffe.* – Celle-ci est-elle une laine teinte* ? Elle est solide comme du cuir de Cordoue[1].

GUILLAUME JOCEAULME. – C'est une excellente étoffe de Rouen[2], je vous le garantis, et bien tissée en plus.

PATHELIN. – Eh bien, me voilà bien attrapé. Je n'avais pas l'intention d'acheter d'étoffe en venant ici. J'avais mis de côté quatre-vingts écus[3] pour racheter une rente[4], mais vous en aurez vingt ou trente. Sa couleur me plaît tellement que je ne peux pas résister !

GUILLAUME JOCEAULME. – Des écus ? Vraiment ? Ceux auxquels vous devez racheter cette rente accepteraient-ils de la monnaie ?

PATHELIN. – Bien sûr, c'est moi qui décide. D'ailleurs, pour moi, en matière de paiement, tout se vaut. (*Touchant une troisième étoffe.*) Qu'est-ce que c'est que cette étoffe ? Vraiment, plus je la vois et plus j'en suis fou. Bref, il faut que je m'en fasse une cotte[5], et ma femme aussi.

GUILLAUME JOCEAULME. – Vous êtes sûr ? Ça coûte les yeux de la tête ! Mais vous en aurez, si vous voulez. (*Il déplie l'étoffe et commence à mesurer.*) Attention, dix francs, vingt francs... ça va vite !

PATHELIN. – Je m'en moque : votre prix sera le mien ! J'ai encore quelques petites pièces que mon père et ma mère n'ont jamais vues.

GUILLAUME JOCEAULME. – Dieu soit loué ! Par saint Pierre, je ne demande pas mieux.

PATHELIN. – Je suis fou de cette étoffe. Il m'en faut absolument.

---

1. **Cordoue** : ville d'Espagne réputée pour son travail du cuir.
2. **Rouen** : ville de Normandie réputée pour la finesse et la qualité de ses étoffes.
3. **Quatre-vingts écus** : un écu est une pièce d'or équivalant à trente deniers.
4. **Rente** : remboursement d'un prêt.
5. **Cotte** : vêtement de dessous porté aussi bien par les hommes que par les femmes.

● **La laine était teinte avant d'être tissée.**

La Farce de Maître Pathelin

GUILLAUME JOCEAULME. – Eh bien ! Il faut d'abord calculer combien vous en voulez. Tout est à votre disposition, tout ce qu'il y a dans la pile, même si vous n'aviez pas un sou !

PATHELIN. – Je le sais bien, et vous en remercie.

GUILLAUME JOCEAULME. – Voulez-vous de cette étoffe bleu clair ?

PATHELIN. – Allons, combien me coûtera la première aune ? Dieu sera payé en premier, c'est normal : voici un denier●. Ne faisons rien sans invoquer Dieu.

GUILLAUME JOCEAULME. – Par Dieu, vous parlez en honnête homme et j'en suis très content. Voulez-vous un prix ?

PATHELIN. – Oui.

GUILLAUME JOCEAULME. – Pour chaque aune, vingt-quatre sous.

PATHELIN. – Ah non ! Vingt-quatre sous ? Sainte Marie !

GUILLAUME JOCEAULME. – C'est ce qu'il m'a coûté, par mon âme ! C'est ce qui doit me revenir, si vous la prenez.

PATHELIN. – Diable ! C'est beaucoup trop !

GUILLAUME JOCEAULME. – Hé ! Vous ne savez pas comme l'étoffe a augmenté. Tout le bétail est mort cet hiver à cause du grand froid●.

PATHELIN. – Vingt sous ! Vingt sous !●

GUILLAUME JOCEAULME. – Je vous jure que j'en aurai ce que je demande. Attendez donc samedi● : vous verrez ce qu'elle vaut.

● Avant de commencer ou de conclure un marché, le client donne une petite pièce au profit d'une œuvre de charité : c'est le « denier à Dieu ». Pathelin, par ce geste, met en confiance le marchand.

● Au Moyen Âge, le froid pouvait anéantir le bétail et les récoltes, suscitant ainsi de terribles famines. Mais la suite de la farce nous apprendra que ce n'est pas le froid qui a tué les moutons de Guillaume...

● La scène de marchandage est classique en cette fin de Moyen Âge où le marchand a la réputation de vendre au prix fort sa marchandise.

● Le samedi était jour de marché. C'était le jour où la foule se pressait en ville pour faire des achats.

La toison[1] qu'on a d'habitude en abondance m'a coûté, à la Sainte-Madeleine, huit blancs[2], je vous jure, pour une laine que j'avais l'habitude d'acheter quatre.

PATHELIN. – Palsambleu[3] ! Sans plus discuter, puisque c'est ainsi, je fais affaire ! Allons, mesurez !

GUILLAUME JOCEAULME. – Mais j'ai besoin de savoir : combien vous en faut-il ?

PATHELIN. – C'est simple : de quelle largeur est-elle ?

GUILLAUME JOCEAULME. – De celle de Bruxelles●.

PATHELIN. – Trois aunes pour moi, et pour elle – elle est grande – deux et demie, ce qui fait six aunes, n'est-ce pas ? Eh bien non ! Que je suis bête !

GUILLAUME JOCEAULME. – Il ne manque qu'une demi-aune pour faire exactement six.

PATHELIN. – J'arrondis à six. Il me faut aussi le chaperon.

GUILLAUME JOCEAULME. – Prenez ce bout-là, nous allons mesurer. (*Ils mesurent ensemble.*) Elles y sont bien, et sans rabais : un et deux, et quatre, et cinq et six.

PATHELIN. – Ventre saint Pierre ! C'est ric-rac[4] !

GUILLAUME JOCEAULME. – Dois-je recommencer ?

PATHELIN. – Ah non , tant pis ! Il y a toujours plus ou moins de perte ou de profit sur la marchandise. Combien ça fait ?

GUILLAUME JOCEAULME. – Je vais faire le compte : à vingt-quatre sous chacune, ça fait neuf francs les six.

PATHELIN. – Hum ! Pour une, c'est… cela fait six écus, vous dites ?

GUILLAUME JOCEAULME. – Mon Dieu, oui, c'est bien ça.

---

1. **Toison** : laine de mouton.
2. **Blanc** : pièce de monnaie d'argent valant cinq deniers.
3. **Palsambleu** : juron issu de l'expression « Par le sang de Dieu ».
4. **Ric-rac** : tout juste.

● La largeur des étoffes de Bruxelles est de deux aunes, c'est-à-dire 2,40 m. À l'époque, les mesures varient d'un lieu à l'autre.

La Farce de Maître Pathelin

PATHELIN. – Maintenant, monsieur, voulez-vous me faire crédit jusqu'à tout à l'heure, quand vous viendrez ? (*Le drapier fronce les sourcils.*) Non, pas vraiment crédit : vous recevrez la somme à la maison, en or ou en monnaie.

220 GUILLAUME JOCEAULME. – Notre Dame ! Ça va me faire un grand détour d'aller chez vous.

PATHELIN. – Hé ! comment ça « un grand détour » ! Dites plutôt que pour rien au monde vous ne voudriez venir boire un coup chez moi ! Eh bien, cette fois-ci, vous y boirez !

225 GUILLAUME JOCEAULME. – Mais par saint Jacques, je ne fais que ça, boire ! D'accord, je viens. Mais ce n'est pas bon, et vous le savez aussi bien que moi, de faire crédit pour la première vente.

PATHELIN. – Ça vous va, si je règle cette première vente avec des écus d'or● et non pas avec de la monnaie ? Et en plus, par Dieu,
230 vous mangerez de mon oie[1] que ma femme fait rôtir.

GUILLAUME JOCEAULME, *à part*. – Vraiment, ce type me rend dingue. (*À Pathelin*) Allez-y. Je viendrai et j'apporterai l'étoffe.

PATHELIN. – Mais non. Est-ce que l'étoffe me gênera ? Pas du tout. Allez, sous mon bras !

235 GUILLAUME JOCEAULME. – Ne vous en faites pas ! Il vaut mieux que je la porte moi-même, c'est plus honnête.

PATHELIN. – Que sainte Madeleine me fasse passer un sale quart d'heure si vous prenez cette peine ! C'est dit : allez hop, sous le bras ! (*Pathelin met l'étoffe sous son bras.*) Ça me fera une belle
240 bosse. Ah ! C'est très bien comme ça. Vous allez voir, il y aura de quoi boire et faire la fête à la maison●.

---

1. **Manger de l'oie** : l'oie était un plat de luxe. Mais au sens figuré, cette expression signifie « tromper ».

● Les écus d'or étaient préférés à la monnaie dont la valeur pouvait varier.

● En raison des difficultés de l'époque, les gens se concentrent principalement sur les biens matériels (comme le vêtement) et les plaisirs de la table.

Acte I, scène 2

GUILLAUME JOCEAULME. – Par contre, je vous en prie, donnez-moi l'argent dès que j'arrive.

PATHELIN. – Oui, ou plutôt non, par Dieu ! Pas avant que vous n'ayez pris un très bon repas. Et même ça serait dommage que j'aie sur moi de quoi vous payer. Là, au moins je suis sûr que vous viendrez goûter mon vin, et chez moi. Votre défunt père, en passant, criait : « Hé ! L'ami ! » ou « Qu'as-tu à me raconter ? » ou encore « Que fais-tu ? » Mais vous autres, les riches, vous ne faites pas grand cas des pauvres gens● !

GUILLAUME JOCEAULME. – Hé, palsambleu, c'est nous les plus pauvres !

PATHELIN. – Ouais ! Adieu, adieu ! Rendez-vous tout de suite au lieu fixé. Nous allons bien boire, je peux vous l'assurer !

GUILLAUME JOCEAULME. – D'accord. Allez-y. Et que j'aie mon or ! (*Pathelin s'en va.*)

PATHELIN. – De l'or ? Et puis quoi encore ? De l'or ? Je n'ai jamais manqué à mes promesses, non ? Mais de l'or ! Qu'il aille se faire pendre ! Que diable, il ne m'a pas vendu son étoffe à mon prix, il l'a vendue au sien, mais il sera payé au mien. Il lui faut de l'or ? On lui en fabriquera[1]. Bref, il peut toujours courir, et jusqu'au jour où il sera payé. Par saint Jean, il risque d'aller bien au-delà de Pampelune[2].

GUILLAUME JOCEAULME, *de son côté*. – Ils ne verront ni le soleil ni la lune, les écus qu'il va me donner, de toute l'année, sauf si on me les vole ! Aucun client n'est assez rusé pour trouver un vendeur moins fort que lui ! Quant à ce trompeur-là, il est bien naïf d'avoir, pour vingt-quatre sous l'aune, pris de l'étoffe qui n'en vaut pas vingt● !

---

1. **On lui en fabriquera** : allusion à la fausse monnaie. Pathelin suggère ici que Guillaume sera payé avec de la fausse monnaie, c'est-à-dire pas du tout.
2. **Pampelune** : ville d'Espagne, capitale de la Navarre.

● Pathelin se fait le porte-parole des démunis face aux riches dans un contexte social marqué par l'injustice et l'avarice.

● Guillaume avoue avoir surfacturé l'étoffe, conformément à la réputation des marchands de cette époque.

La Farce de Maître Pathelin

SCÈNE 3 – PATHELIN, GUILLEMETTE

Chez Maître Pathelin.

PATHELIN, *l'étoffe sous son vêtement*. – Alors, alors ? Est-ce que j'en ai ?
GUILLEMETTE. – De quoi ?
PATHELIN. – Où est passée votre vieille robe ?
GUILLEMETTE. – C'est bien le moment d'en parler ! Qu'est-ce que ça peut vous faire ?
PATHELIN. – Rien, rien. Alors, est-ce que j'en ai rapporté ? (*Pathelin sort l'étoffe.*) Je vous l'avais bien dit. Est-ce bien cette étoffe-ci ?
GUILLEMETTE. – Sainte Marie ! Par le salut de mon âme, c'est le fruit d'une quelconque entourloupe ! Bon Dieu, et d'où nous vient cette aubaine ?... Hélas ! Hélas ! Et qui va la payer ?
PATHELIN. – Vous demandez qui ? Par saint Jean, c'est déjà payé ! Le marchand qui me l'a vendue, ma très chère, n'est pas fou. Qu'on me passe la corde au cou, s'il s'est aperçu de quoi que ce soit ! D'ailleurs, cette saleté de canaille en est restée bouche bée !
GUILLEMETTE. – Combien ça coûte alors ?
PATHELIN. – Je ne dois rien : elle est payée. Pas de souci.
GUILLEMETTE. – Vous étiez fauché ! Elle est payée ? Et avec quel argent ?
PATHELIN. – Mais palsambleu, j'en avais, madame. J'avais un parisis[1].
GUILLEMETTE. – C'est du pipeau ! Une obligation ou une reconnaissance de dette[2] ont fait l'affaire. C'est comme ça que vous l'avez obtenue, j'en suis sûre. Et, quand l'échéance arrivera, on viendra, on saisira nos biens, et tout ce qui nous reste.
PATHELIN. – Palsambleu, tout ça ne m'a coûté qu'un denier !
GUILLEMETTE. – *Benedicite Maria*[3] ! Un seul denier ? Comment est-ce possible ?

---

1. **Parisis** : denier qu'on trouvait à Paris et dans le reste de l'Île de France.
2. **Reconnaissance de dette** : écrit par lequel on reconnaît devoir de l'argent à quelqu'un.
3. **Benedicite Maria** : prière latine signifiant « Sainte Marie, bénissez-vous ».

Acte I, scène 3

PATHELIN. – Arrachez-moi l'œil s'il en a eu ou s'il en aura plus ! Ah ça, il peut toujours courir.

GUILLEMETTE. – Et qui est-ce ?

PATHELIN. – Un certain Guillaume, Guillaume Joceaulme, puisque ça vous intéresse.

GUILLEMETTE. – Et la manière de l'avoir pour un seul denier ? Quel tour lui avez-vous joué ?

PATHELIN. – C'est grâce au denier à Dieu. Et encore, si j'avais dit : « Marché conclu ! », à ces mots, j'aurais gardé mon denier. Alors, n'est-ce pas du beau travail ? Dieu et lui partageront ce denier-là, si ça leur plaît, car c'est tout ce qu'ils en auront, et ils peuvent toujours discuter, crier ou brailler●.

GUILLEMETTE. – Comment a-t-il accepté un crédit, lui qui est si dur en affaires ?

PATHELIN. – Par sainte Marie la belle ! Je l'ai tellement brossé dans le sens du poil qu'il me l'a presque donnée. Je lui ai dit que son défunt père était un homme exceptionnel… « Ah ! lui ai-je dit, mon frère, que votre famille est bonne ! Vous êtes, ai-je ajouté, de la famille la plus honorable de la région. » Mais, Dieu m'en soit témoin, il vient plutôt de la pire des races, de la race des canailles les plus rebelles, à mon sens ! « Ha ! ai-je dit, Guillaume, mon ami, que vous ressemblez de visage et en tout à votre brave père ! » Dieu sait comme j'accumulais les flatteries et comme parfois j'y ajoutais quelques mots sur les étoffes ! « Et puis », ai-je dit, « par sainte Marie, avec quelle gentillesse, quelle bonté il faisait crédit ! C'est vous tout craché ! » Pourtant, on aurait pu arracher les dents du méchant marsouin qu'était son père, et celles de son babouin de fils, avant qu'ils ne vous prêtent ça (*Pathelin fait claquer son ongle contre ses dents*),

● Pathelin blasphème. Il représente sans doute une partie des chrétiens déçus par l'église.

La Farce de Maître Pathelin

ou qu'ils disent un mot gentil. Mais j'ai tant bavardé et parlé qu'il a fini par me vendre six aunes à crédit●.

GUILLEMETTE. – C'est vrai ? À ne jamais rendre?

330 PATHELIN. – C'est ce que vous devez comprendre. Rendre ? Qu'il aille au diable !

GUILLEMETTE. – Ça me rappelle la fable du corbeau perché sur une croix de cinq à six toises[1] de haut, et qui tenait en son bec un fromage. Un renard venait par là et vit ce fromage. Il se dit :
335 « Comment faire pour l'avoir ? » Il se mit alors sous le corbeau. « Ha, fit-il, que ton corps est beau et ton chant mélodieux ! » Le corbeau, dans sa bêtise, entendant de tels compliments, ouvre le bec pour chanter, et son fromage tombe à terre. Et maître Renard le saisit à pleines dents et l'emporte. Il en est ainsi, j'en
340 suis sûre, de votre étoffe. Vous l'avez piégé par des flatteries et vous l'avez attrapé par vos belles paroles, comme Renard pour le fromage. Vous l'avez berné par vos grimaces●.

PATHELIN. – Il doit venir manger de l'oie. Mais voici ce que nous devons faire. Je suis sûr qu'il viendra brailler pour avoir rapide-
345 ment son argent. J'ai pensé à un tour : il faut que je me couche sur mon lit, comme si j'étais malade, et quand il viendra, vous direz : « Ah ! Moins fort ! » et vous gémirez en faisant triste mine. « Hélas, direz-vous, il est malade depuis six semaines ou deux mois. » Et s'il vous répond : « Balivernes : il vient de
350 me quitter ! », « Hélas, ferez-vous, ce n'est pas le moment de plaisanter ! » Laissez-moi lui jouer un air à ma façon, car c'est tout ce qu'il aura●.

---

1. **Toise** : unité de mesure qui équivalait à deux mètres. Cinq à six toises font donc dix à douze mètres.

● Pathelin fait un portrait de Guillaume qui contraste avec les éloges qu'il lui a précédemment adressés. Il révèle un autre défaut : l'hypocrisie.

● Cette fable est à l'origine une fable de Phèdre (auteur latin). Comme Pathelin, le renard utilise la flatterie.

● Pathelin devient metteur en scène et fait du théâtre dans le théâtre.

Acte I, SCÈNE 4

GUILLEMETTE. – Par l'âme qui repose en moi, je jouerai très bien mon rôle. Mais si vous échouez et que la justice s'occupe à nouveau de votre cas, je crains que ça ne vous coûte deux fois plus cher que la dernière fois.

PATHELIN. – Oh, la paix ! Je sais ce que je fais. Faites ce que je dis.

GUILLEMETTE. – Pour l'amour de Dieu, souvenez-vous du samedi où l'on vous a mis au pilori[1] ! Vous savez que chacun s'est défoulé sur vous à cause de votre fourberie.

PATHELIN. – Allons, trêve de bavardage ! Il va arriver d'un moment à l'autre. Il faut garder cette étoffe. Je vais me coucher.

GUILLEMETTE. – Allez-y.

PATHELIN. – Et ne riez pas !

GUILLEMETTE. – Certainement pas ! Je pourrais presqu'en pleurer... et à chaudes larmes encore.

PATHELIN. – Il faut garder notre sérieux pour qu'il ne s'aperçoive de rien.

SCÈNE 4 – GUILLAUME JOCEAULME

GUILLAUME JOCEAULME, *devant son étal.* – Je crois qu'il est temps de boire un coup avant d'y aller. Et puis non ! Par saint Mathelin[2], je dois boire et manger de l'oie chez Maître Pierre Pathelin. Et en plus, j'y recevrai mon argent. Finalement, c'est un bon coup pour moi, cette affaire. Et tout ça sans déverser un sou. Allez, j'y vais, je ne vendrai plus rien maintenant.

---

1. **Pilori** : poteau où les condamnés sont exposés au public, la tête et les mains dans un cercle de fer.
2. **Saint Mathelin** : saint guérisseur des fous.

Le samedi étant jour de marché, on en profitait pour exposer les malfaiteurs et les bandits.

La Farce de Maître Pathelin

Acte **II**

D'un côté, l'étal du drapier, de l'autre, la maison de Pathelin.

SCÈNE 1 – GUILLAUME JOCEAULME, GUILLEMETTE

À la porte de la maison de Maître Pathelin.

GUILLAUME JOCEAULME. – Ho, maître Pierre !

GUILLEMETTE, *entrouvrant la porte*. – Hélas, monsieur, au nom de Dieu, si vous avez quelque chose à dire, parlez moins fort.

GUILLAUME JOCEAULME. – Dieu vous garde[1], madame !

GUILLEMETTE. – Ho ! Plus bas !

GUILLAUME JOCEAULME. – Qu'est-ce qui se passe ?

GUILLEMETTE. – Je vous en prie...

GUILLAUME JOCEAULME. – Où est-il ?

GUILLEMETTE. – Hélas, vous le demandez ?

GUILLAUME JOCEAULME. – Qui ça... ?

GUILLEMETTE. – Ah ! Que c'est maladroit de dire ça : « Où est-il ? » Dieu seul le sait ! Il garde le lit où il est depuis maintenant onze semaines, le pauvre martyr[2], et sans bouger !

GUILLAUME JOCEAULME. – De qui ?

GUILLEMETTE. – Pardonnez-moi, je n'ose parler plus haut : je crois qu'il se repose. Il est un peu endormi. Hélas ! Il est complètement assommé, le pauvre homme !

---

1. **Dieu vous garde** : salutation usuelle.
2. **Martyr** : victime d'une persécution et par extension, personne souffrant terriblement.

● Le début de cette scène est un exemple de comique de répétition puisque le discours de Guillemette est scandé par ce refrain : « Parlez bas ! »

Acte II, scène 1

GUILLAUME JOCEAULME. – Qui donc ?

GUILLEMETTE. – Maître Pierre.

GUILLAUME JOCEAULME. – Vous plaisantez ? Il est venu chercher six aunes d'étoffe à l'instant même.

GUILLEMETTE. – Qui ? Lui ?

GUILLAUME JOCEAULME. – Il en vient tout juste, ça ne fait pas un quart d'heure. Payez-moi, que diable ! Je reste beaucoup trop longtemps. Allez ! Cessez ce baratin. Mon argent !

GUILLEMETTE. – Hé ! Je ne plaisante pas ! Ce n'est pas le moment de rire.

GUILLAUME JOCEAULME. – Allez, allez ! Mon argent ! Êtes-vous complètement folle ? Vous me devez neuf francs.

GUILLEMETTE. – Ah ! Guillaume, vous nous prenez pour des imbéciles ou quoi ? Vous venez ici pour vous moquer de moi ? Allez plutôt amuser la galerie avec vos âneries.

GUILLAUME JOCEAULME. – Je renie Dieu si je ne récupère pas mes neuf francs !

GUILLEMETTE. – Hélas ! Monsieur, tout le monde n'a pas le cœur à rire et à bavarder comme vous.

GUILLAUME JOCEAULME. – Trêve de bavardage, je vous prie. Et de grâce, allez me chercher Maître Pierre.

GUILLEMETTE. – Malheur à vous ! Ce n'est pas un peu fini ?

GUILLAUME JOCEAULME. – Je ne suis pas ici chez Maître Pierre Pathelin ?

GUILLEMETTE. – Bien sûr que si. Soyez maudit● ! Parlez moins fort !

GUILLAUME JOCEAULME. – Je n'ai pas le droit de le demander ?

● Guillemette souhaite tout le mal possible à Guillaume s'il continue à parler fort.

La Farce de Maître Pathelin

GUILLEMETTE. – Dieu me vienne en aide ! Plus bas, si vous ne voulez pas le réveiller.

GUILLAUME JOCEAULME. – Comment ça « bas » ? Bas comme si l'on vous parlait à l'oreille, du fond d'un puits ou de la cave ?

425 GUILLEMETTE. – Dieu ! Mais quel pipelet ! Au fait, vous êtes toujours comme ça ?

GUILLAUME JOCEAULME. – J'hallucine... Ah, mais c'est infernal ! Et vous voulez que je parle bas ? Non mais dites donc ! C'est bien la première fois que je dois ainsi me justifier. La vérité,
430 c'est que Maître Pierre m'a pris six aunes d'étoffe aujourd'hui.

GUILLEMETTE, *haussant le ton*. – Non mais, qu'est-ce que c'est que cette histoire ? Ça va durer encore longtemps ? Au diable tout ça ! Voyons ! Qu'est-ce que ça signifie « prendre » ? Ah ! Monsieur... la corde pour le menteur ! Il est dans un tel état, le pauvre
435 homme, qu'il n'a pas quitté le lit depuis onze semaines... Onze semaines ! Vous entendez ? Allez-vous nous jouer la comédie encore longtemps ? Franchement, est-ce bien raisonnable ? Allez, oust, dehors !

GUILLAUME JOCEAULME. – Vous me demandiez de parler si bas...
440 Sainte Vierge bénie, comme vous braillez !

GUILLEMETTE, *baissant le ton*. – C'est à cause de vous, par mon âme, vous me cherchez des querelles !

GUILLAUME JOCEAULME. – Ce n'est pas compliqué. Pour que je m'en aille, il faudrait me donner...

445 GUILLEMETTE, *haussant de nouveau le ton*. – Parlez moins fort ! C'est possible, ça ?

GUILLAUME JOCEAULME. – Mais c'est vous qui allez le réveiller : vous parlez quatre fois plus fort que moi, palsambleu ! Je vous demande de me payer.

450 GUILLEMETTE. – Ça n'est pas bientôt fini ? Vous avez bu ou quoi ?... Êtes-vous complètement fou ?

Acte II, SCÈNE 1

Pathelin couché ; Guillemette et le drapier, xve siècle, bois gravé, BNF, Paris.

La Farce de Maître Pathelin

GUILLAUME JOCEAULME. – Par saint Pierre, bonne question !

GUILLEMETTE. – Hélas ! Plus bas !

GUILLAUME JOCEAULME. – Je vous demande, madame, le prix de six aunes d'étoffe, pour l'amour de saint Georges[1]...

GUILLEMETTE, *à part*. – Compte là-dessus ! (*Au drapier.*) Et à qui l'avez-vous vendue ?

GUILLAUME JOCEAULME. – À lui-même.

GUILLEMETTE. – Il est bien en état d'acheter de l'étoffe ! Il ne peut pas bouger, je vous dis. Avoir un habit, franchement, c'est le cadet de ses soucis. Il ne s'habillera plus qu'en blanc● et il ne partira, d'où il est, que les pieds devant.

GUILLAUME JOCEAULME. – C'est donc depuis ce matin, car je lui ai parlé, c'est sûr.

GUILLEMETTE. – Vous avez le verbe haut. Parlez moins fort, par pitié !

GUILLAUME JOCEAULME. – Mais c'est vous, en vérité, c'est vous-même qui criez, sacré Dieu ! Quelle histoire ! Payez-moi et je m'en vais. (*À part.*) Chaque fois que j'ai fait crédit, je n'ai rien trouvé d'autre que des ennuis !

---

1. **Saint Georges** : patron des chevaliers, invoqué dans les jurons.

● Le tissu blanc (linceul) enveloppait les cadavres, que l'on sortait de la maison les pieds devant.

Acte II, scène 2

SCÈNE 2 – PATHELIN, GUILLEMETTE, GUILLAUME JOCEAULME

À la porte puis dans la maison de Pathelin.

PATHELIN, *appelant de son lit*. – Guillemette ! un peu d'eau de rose[1] ! Redressez-moi, remontez-moi le dos. Allons ! À qui est-ce que je parle ? La carafe ! J'ai soif ! Frottez-moi la plante des pieds !

GUILLAUME JOCEAULME. – Je l'entends là.

GUILLEMETTE. – Oui.

PATHELIN. – Ah, Méchante ! Vas-tu venir ! Est-ce que je t'avais dit d'ouvrir ces fenêtres ? Viens me couvrir. Chasse ces gens noirs[2] ! Marmara, carimari, carimara[3] ! Éloignez-les de moi, emmenez-les !

GUILLEMETTE. – Qu'est-ce qui se passe ? Comme vous vous agitez ! Avez-vous perdu la tête ?

PATHELIN. – Tu ne vois pas ce qui se passe. *(S'agitant.)* Voilà un moine noir qui vole ! Prends-le, passe-lui une étole[4]. Ouh, ouh, le chat ! Comme il monte !

GUILLEMETTE. – Mais qu'est-ce qui vous prend ? Vous n'avez pas honte ? Vous vous agitez beaucoup trop !

---

1. **Eau de rose** : préparation à base de roses servant à réanimer ceux qui s'évanouissaient.
2. **Gens noirs** : diables.
3. **Marmara, carimari, carimara** : formule magique pour éloigner les diables.
4. **Étole** : bande de tissu que les prêtres portent autour du cou pendant la messe. Elle était aussi passée autour du cou des gens qu'on croyait ensorcelés ou fous.

● En excellent comédien, Pathelin emploie un vocabulaire médical très précis pour rendre plus crédible et plus réaliste sa maladie.

● Dès le XIVᵉ siècle, différentes formes de croyances se développent (sorcellerie, hérésie) : le peuple cherche par tous les moyens à atténuer l'angoisse de la mort et à apprivoiser l'Enfer.

La Farce de Maître Pathelin

PATHELIN. – Ces médecins m'ont tué, avec toutes ces drogues qu'ils m'ont fait boire. On doit leur faire confiance mais ils nous manipulent comme des marionnettes.●

GUILLEMETTE. – Hélas ! Venez voir, cher monsieur. Il souffre le martyre !

GUILLAUME JOCEAULME. – Est-il vraiment tombé malade quand il est rentré de la foire ?

GUILLEMETTE. – De la foire ?

GUILLAUME JOCEAULME. – Par saint Jean, oui. Je crois bien qu'il y a été. (*À Pathelin.*) Pour l'étoffe dont je vous ai fait crédit, il me faut l'argent, Maître Pierre.

PATHELIN, *prenant le drapier pour un médecin*. – Ah ! Maître Jean, j'ai fait deux petites crottes, plus dures que de la pierre, noires, rondes comme des pelotes. Prendrai-je un autre clystère[1] ?

GUILLAUME JOCEAULME. – Qu'est-ce que j'en sais ? Qu'est-ce que ça peut me faire ? Il me faut neuf francs ou six écus.

PATHELIN. – Ces trois morceaux noirs et pointus, comment vous appelez ça déjà ? Des pillules ? Et bien, ils m'ont abîmé les mâchoires. Pour Dieu, ne m'en faites plus prendre, Maître Jean ! Ils m'ont fait tout vomir. Ah ! Il n'y a rien de plus amer !

GUILLAUME JOCEAULME. – Mais non ! Sur la tête de mon père... Je ne suis pas prêt de récupérer mes neuf francs !

GUILLEMETTE. – Que les gens aussi insupportables que vous soient pendus ! Allez-vous-en, par tous les diables, puisque, au nom de Dieu, c'est impossible.

GUILLAUME JOCEAULME. – Par le Dieu qui m'a donné la vie, je n'arrêterai pas avant d'avoir mon drap, ou mes neuf francs !

---

1. Clystère : lavement.

● Pathelin se moque des médecins. La satire des médecins apparaît dès le XIIIe siècle *(Le Jeu de la Feuillée)* et sera reprise notamment par Molière *(Le Médecin malgré lui).*

Acte II, scène 2

PATHELIN. — Et mon urine, ne vous dit-elle pas que je vais mourir ? Hélas ! Au nom de Dieu, tout plutôt que de mourir !

GUILLEMETTE. — Allez-vous-en ! Vous n'avez pas honte de lui casser la tête ?

520 GUILLAUME JOCEAULME. — Sacré nom de Dieu ! Mes six aunes de drap, maintenant ! Vous croyez que c'est normal, vous, de les perdre ?

PATHELIN. — Si vous pouviez ramollir mes crottes, Maître Jean ! Elles sont si dures ! Je ne sais pas comment elles arrivent à sortir.

525 GUILLAUME JOCEAULME. — Il me faut neuf francs tout rond, ou bien...

GUILLEMETTE. — Hélas ! Vous tourmentez bien cet homme ! Comment pouvez-vous être si dur ? Vous voyez bien qu'il croit que vous êtes médecin. Hélas ! Le pauvre chrétien, il a bien assez
530 de malheur : onze semaines sans répit qu'il est resté là, le pauvre homme !

GUILLAUME JOCEAULME. — Palsambleu, je n'ai pas la moindre idée de la manière dont ça a pu lui arriver, car il est venu aujourd'hui même marchander à mon étal, c'est du moins ce qu'il me semble,
535 ou je ne sais plus ce qui se passe.

GUILLEMETTE. — Par Notre Dame, mon cher monsieur, vous perdez la mémoire. Si vous voulez bien m'écouter, allez un peu vous reposer. Beaucoup de gens pourraient dire que vous venez ici pour moi. Sortez ! Les médecins vont bientôt arriver.

540 GUILLAUME JOCEAULME. — C'est le cadet de mes soucis. (*À part.*) Nom de Dieu, en suis-je à ce point ? (*À Guillemette*) Je croyais...

> ● Cette scène utilise des ressorts scatologiques pour faire rire le spectateur (motifs de comique gras, grossièretés que l'auteur n'hésite pas à employer). Cela fait partie des divers procédés comiques qu'un auteur de farce accompli utilise. Insérée dans un discours médical, la scatologie apparaît plus naturelle. Cependant, elle est surtout un outil de la ruse de Pathelin puisqu'elle est destinée à déstabiliser le drapier.

La Farce de Maître Pathelin

GUILLEMETTE. – Encore ?
GUILLAUME JOCEAULME. – N'avez-vous pas d'oie sur le feu ?
GUILLEMETTE. – Drôle de question ! Ah, monsieur, ce n'est pas
545 une viande pour un malade. Allez manger vos oies sans venir
nous narguer. Par ma foi, vous êtes vraiment sans-gêne.
GUILLAUME JOCEAULME. – Je vous en prie, ne le prenez pas mal,
car je croyais fermement...
GUILLEMETTE. – Encore ?
550 GUILLAUME JOCEAULME. – Par le saint sacrement ! Adieu !
Il sort.

SCÈNE 3 – Guillaume Joceaulme

Dans la rue, se dirigeant vers son étal.

GUILLAUME JOCEAULME, *seul*. – Diable ! Je vais quand même vérifier. Je sais bien que je dois en avoir six aunes, d'une seule pièce,
555 mais cette femme m'embrouille complètement les idées... Il les
a vraiment eues... Ou peut-être pas... Diable ! Ce n'est pas possible. J'ai vu la mort le saisir... Ou alors il joue la comédie ! Mais
si ! Il les a prises, c'est un fait, et il les a mises sous son bras...
Par sainte Marie la belle, non, il ne les a pas ! Est-ce que je rêve ?
560 Je n'ai pourtant pas l'habitude de donner mes étoffes à qui que
ce soit, ni quand je dors ni quand je suis éveillé. Je n'aurais fait
crédit à personne, pas même à mon meilleur ami. Bon sang de
bonsoir, il les a eues ! Par la morbleu, il ne les a pas eues ! J'en
suis sûr : il ne les a pas ! Mais où est-ce que je vais ? Mais si, il
565 les a ! Sainte Marie, malheur à celui qui saurait dire qui d'eux ou
de moi a raison ou tort. Je n'y comprends plus rien !

Acte II, SCÈNE 4

SCÈNE 4 – PATHELIN, GUILLEMETTE, GUILLAUME JOCEAULME

Chez Maître Pathelin.

PATHELIN. – Est-il parti ?

GUILLEMETTE. – Silence, j'écoute ! Je ne sais pas ce qu'il dégoise[1]. Il s'éloigne en grommelant si fort qu'on a l'impression qu'il délire.

PATHELIN. – C'est peut-être le moment de me lever ? On peut dire qu'il est arrivé à point.

GUILLEMETTE. – Je ne sais pas s'il va revenir. (*Pathelin essaie de se lever.*) Non, non, ne bougez pas encore : tout serait perdu s'il vous trouvait debout.

PATHELIN. – Par saint Georges, lui qui est si méfiant, on l'a bien roulé, et ça lui va bien.

GUILLEMETTE. – Il l'a bien avalée, notre histoire ! Comme un petit chou à la crème. Quoi ? Il l'a bien mérité ! Diable, il ne faisait jamais l'aumône[2] le dimanche.● (*Guillemette éclate de rire.*)

PATHELIN. – Pour Dieu, arrête de rire, bécasse ! S'il revenait, ça nous coûterait très cher. Je parie qu'il va revenir.

GUILLEMETTE. – Par ma foi, se retienne de rire qui voudra, mais moi je ne peux pas.

GUILLAUME JOCEAULME, *devant son étal.*● – Eh bien, par ce beau soleil éclatant, je retournerai, grogne qui veut, chez cet avocat d'eau douce. Mon Dieu... En voilà un qui sait bien racheter les

---

1. **Dégoise** : raconte.
2. **Il ne faisait jamais l'aumône :** il ne donnait jamais aux pauvres.

● Guillemette fait référence à l'avarice du marchand, lieu commun de cette époque.

● Les lieux sont traités en décors simultanés : les spectateurs voient à la fois l'étal du drapier et l'intérieur de la maison de Patelin.

rentes que ses parents ont vendues ! Mais, par saint Pierre, il a
590 mon étoffe, ce sale filou ! Je la lui ai donnée ici même.

GUILLEMETTE. – Quand je repense à la tête qu'il faisait en vous
regardant, je ne peux pas m'empêcher de rire... Il mettait une
telle énergie à réclamer son dû... (*Elle rit.*)

PATHELIN. – Silence, espèce de cruche ! Je renie Dieu – non,
595 jamais ! (*Il fait le signe de la croix.*) – si l'on vous entendait,
mieux vaudrait s'enfuir. Il est tellement coriace !

SCÈNE 5 – GUILLAUME JOCEAULME, GUILLEMETTE, PATHELIN

Dans la rue puis chez Pathelin.

GUILLAUME JOCEAULME. – Et cet ivrogne d'avocat, à trois leçons
et à trois psaumes[1] ! Il prend vraiment les gens pour des imbé-
600 ciles ! Il mérite d'être pendu. Il a mon étoffe ou je renie Dieu !
Et il m'a bien roulé à ce jeu... (*Il arrive chez Pathelin.*) Holà, où
êtes-vous cachée ?

GUILLEMETTE. – Mon Dieu, il m'a entendue !

PATHELIN, *à part.* – Je vais faire semblant de délirer. (*S'adressant à*
605 *Guillemette.*) Allez ouvrir !

GUILLEMETTE, *ouvrant la porte.* – Comme vous criez !

GUILLAUME JOCEAULME. – Mais par Dieu, vous riez ! Allez, mon
argent !

GUILLEMETTE. – Sainte Marie ! Pourquoi aurais-je envie de rire ?
610 Il n'y a pas plus malheureuse que moi dans cette affaire. Il se
meurt. Vous n'avez jamais entendu une telle tempête, une telle
frénésie. Il délire encore : il rêve, il chante, et il s'embrouille

---

1. **À trois leçons et à trois psaumes** : l'expression renvoie à un petit office religieux.
Elle souligne aussi l'ignorance de Pathelin.

Acte II, scène 5

dans toutes sortes de langages ! Et il bredouille... Il ne vivra pas une demi-heure de plus. Par mon âme, je rie et pleure à la fois.

GUILLAUME JOCEAULME. – Je ne veux rien savoir de ce rire ou de ces pleurs. En bref, je dois être payé.

GUILLEMETTE. – De quoi ? Avez-vous perdu la tête ? Recommencez-vous à délirer ?

GUILLAUME JOCEAULME. – Je n'ai pas l'habitude d'être ainsi embobiné quand je vends mon étoffe. Voulez-vous me faire prendre des vessies pour des lanternes[1] ?

PATHELIN. – Debout ! Vite ! La reine des guitares, qu'on me l'amène tout de suite ! Je sais bien qu'elle vient d'accoucher de vingt-quatre petites guitares, enfants de l'abbé d'Yverneaux[2]. Il faut que je sois son compère[3].

GUILLEMETTE. – Hélas ! Pensez à Dieu le Père, mon ami, et non pas à des guitares !

GUILLAUME JOCEAULME. – Hé ! Quels conteurs de balivernes ! N'est-ce pas ? Allons vite, qu'on me paie en or ou en monnaie, pour l'étoffe que vous avez emportée !

GUILLEMETTE. – Hé diable ! Vous vous êtes déjà trompé une fois, ça ne vous suffit pas ?

GUILLAUME JOCEAULME. – Savez-vous ce qu'il en est réellement, chère Madame ?... Et puis, zut !... Je ne vois pas où est mon erreur... Le drap sera rendu ou vous serez pendus, voilà ! Vous pouvez me dire quel tort je vous fais si je viens chez vous pour réclamer mon dû ? Car, par saint Pierre de Rome...

---

1. **Faire prendre des vessies pour des lanternes** : expression qui signifie « faire prendre une chose pour une autre ».
2. **Yverneaux** : ville où existait une abbaye et jeu de mots avec « hivernaux ».
3. **Compère** : parrain.

La Farce de Maître Pathelin

GUILLEMETTE. – Hélas ! Que vous tourmentez cet homme ! Certes, je vois bien à votre visage que vous n'êtes pas dans votre état normal. Par la pauvre pécheresse que je suis, si j'avais de l'aide, je vous ligoterais : vous êtes complètement fou !

GUILLAUME JOCEAULME. – Hélas, j'enrage de ne pas avoir mon argent.

GUILLEMETTE. – Ah, mais quelle bêtise ! Signez-vous, *Benedicite* ! Faites le signe de croix.

GUILLAUME JOCEAULME. – Je renie Dieu si un jour je refais crédit ! Quel malade !

PATHELIN, *en limousin*. ● –

> Mere de Diou, la coronade,
> Par ma bye, y m'en vuol anar,
> Or regni biou, oultre la mar !
> Ventre de Diou, z'en dis gigone !
> Çastuy ça rible et res ne done.
> Ne carrilaine, fuy ta none !
> Que de l'argent il ne me sone ● !

Avez-vous compris, cher cousin ?

GUILLEMETTE. – Il avait un oncle du Limousin, c'était le frère de sa grand-tante. C'est ce qui le fait jargonner[1] en limousin, j'en suis certaine.

GUILLAUME JOCEAULME. – Diable ! Il est parti en cachette, mon étoffe sous le bras.

---

1. **Jargonner** : parler en jargon, baragouiner.

● La scène des jargons est un véritable tour de force. Pathelin s'exprime en différents dialectes qu'il imite ou parodie (le flamand, le breton).

● Ces vers sont écrits en limousin, avec quelques erreurs. En voici une traduction approximative : « Mère de Dieu, la couronnée, par ma foi, je veux partir, je renie Dieu, outre-mer ! Ventre de Dieu, et puis flûte ! Celui qui est ici vole et ne donne rien. Ne carillonne pas ! Fais ton somme ! Qu'il ne me parle pas d'argent ! »

Acte II, scène 5

PATHELIN, *en picard.* —
   Venez en, doulce damiselle.
   Et que veult ceste crapaudaille ?
   Alez en arriere, merdaille !
   Sa ! tost ! je vueil devenir prestre.
   Or sa ! que le dyable y puist estre,
   En chelle vielle prestrerie !
   Et faut il que le prestre rie
   Quant il dëust chanter sa messe ?

GUILLEMETTE. — Hélas, hélas ! L'heure des derniers sacrements approche.

GUILLAUME JOCEAULME. — Mais comment peut-il parler picard ? D'où lui vient cette folie ?

GUILLEMETTE. — Sa mère était picarde, c'est ce qui explique qu'il le parle maintenant.

PATHELIN, *en flamand.* — D'où viens-tu, face de mardi-gras ?
   Vuacarme, liefe gode man ;
   Etbelic beq igluhe golan ;
   Henrien, Henrien, conselapen ;
   Ych salgneb nede que maignen ;
   Grile, grile, scohehonden ;
   Zilop, zilop en mon que bouden ;
   Disticlien unen desen versen ;
   Mat groet festal ou truit denhersen ;
   En vuacte vuile, comme trie !
   Cha ! a dringuer ! Je vous en prie ;
   Quoy act semigot yaue,

● « Entrez douce demoiselle. Que veulent tous ces crapauds ? Arrière, merdaille ! Vite ! Je veux devenir prêtre. Allons ! Le diable prenne sa part dans cette vieille prêtrerie ! Hé, le prêtre doit-il rire au lieu de chanter sa messe ? »

La Farce de Maître Pathelin

690   Et qu'on m'y mette ung peu d'ëaue !
Vuste vuille, pour le frimas ●!

Faites venir messire Thomas, qu'il me confesse au plus vite.

GUILLAUME JOCEAULME. – Qu'est-ce que c'est que ça ? Il ne cessera donc pas de parler aujourd'hui toutes sortes de langues ? Si seulement il me donnait un gage ou mon argent, je partirais !

695

GUILLEMETTE. – Par la Passion du Christ, que je suis malheureuse ! Vous êtes un homme bien étrange ! Que voulez-vous ? Je ne comprends pas pourquoi vous êtes si têtu.

PATHELIN. –

700   Par ici, Renouart à la massue[1] ! Diantre ! Que ma couille est poilue ! Elle ressemble à une chenille ou à une mouque[2] à miel. Bé ! Parlez-moi, Gabriel. Par les plaies de Dieu, qu'est-ce qui s'attaque à mon cul ? Est-ce une vaque[3], une mouque ou un bousier[4] ? Bé ! Diable, j'ai le mal de saint Garbot[5] ! Suis-je des foireux de Bayeux ? Jean-Tout-Le-Monde[6] sera joyeux,
705   s'il sait que j'en suis. Bé ! Par saint Michel, je boirai volontiers un coup à sa santé. ●

GUILLAUME JOCEAULME. – Comment arrive-t-il à parler autant ? Ha, il devient fou !

GUILLEMETTE. – Mon maître d'école était normand. Apparem-
710   ment, il s'en souvient. C'est la fin.

---

1. **Renouart à la massue** : personnage de chansons de geste. Sorte de géant comique dont la seule arme était une massue.
2. **Mouque** : « mouche » en normand.
3. **Vaque** : « vache » en normand.
4. **Bousier** : insecte qui vit dans les excréments des mammifères.
5. **Mal de saint Garbot** : dysenterie (grosse diarrhée) dont Garbot, évêque de Bayeux (en Normandie), avait affligé et guéri les habitants de la ville (foireux de Bayeux) qui avaient eus des démêlés avec lui.
6. **Jean-Tout-Le-Monde** : Monsieur Tout-Le-Monde.

● « Hélas, cher brave homme, Je connais heureusement plus d'un livre ! Henri, ah, Henri ! vient dormir. Je vais être bien armé ! Alerte, alerte ! trouvez des bâtons ! Course, course ! une nonne ligotée ! Des distiques garnissent ces vers. Mais un grand festoiement épanouit le cœur. Ah, attendez un moment ! Il vient une tournée de rasades. Allons, à boire ! Je vous en prie ! Viens seulement, regarde seulement ! Un don de Dieu ! Et qu'on m'y mette un peu d'eau ! Différez un instant à cause du frimas. »

● Cette tirade comporte des traits normands.

Acte II, SCÈNE 5

GUILLAUME JOCEAULME. – Ah ! Sainte Marie, c'est la première fois que j'assiste à un tel délire ! Jamais je n'aurais mis en doute qu'il était à la foire aujourd'hui.

GUILLEMETTE. – C'est ce que vous croyez ?

GUILLAUME JOCEAULME. – Saint Jacques, oui ! Mais je vois bien que c'est impossible.

PATHELIN. – Sont-ils un âne que j'entends braire ? (*Il s'adresse au drapier en mauvais français.*) Alas ! Alas ! Mon cousin, ils le seront, en grand émoi, le jour où je ne te verrai pas. Il faut que je te haïrai, car tu m'as fait une grande traîtrise. Ton fait, ce n'est que tromperie.

    Ha oul danda oul en ravezeie, corfha en euf●.

GUILLEMETTE. – Dieu vous aide !

PATHELIN, *en breton*. –

    Huis oz bez ou dronc nos badou
    Digaut an tan en bol madou
    Empedif dich guicebnuan
    Quez queuient ob dre douch aman
    Men ez cahet hoz bouzelou
    Eny obet grande canou
    Maz rehet crux dan bol con
    So ol oz merueil grant nacon
    Aluzen archet epysy
    Har cals amour ha courteisy●.

GUILLAUME JOCEAULME. – Hélas, pour l'amour de Dieu, occupez-vous de lui. Il se meurt ! Comme il jargonne ! Mais que diable

---

● Phrase en breton : « Puisses-tu aller aux diables, corps et âme. »

● « Suite à l'incendie, passez une mauvaise nuit à cause de la saisie de vos biens ! Je vous souhaite à tous, sans exception, vous qui êtes ici, de rendre une pierre de vos entrailles en faisant du bruit et des gémissements, au point de faire pitié aux chiens qui meurent complètement de faim. Tu auras l'aumône d'un cercueil, et beaucoup de tendresse et de courtoisie. »

La Farce de Maître Pathelin

bafouille-t-il ? Sainte Marie, qu'il bredouille ! Par le corps de Dieu, il marmonne si bien ces mots qu'on n'y comprend rien ! Tout ce qu'il dit est incompréhensible.

740 GUILLEMETTE. – C'est la mère de son père qui était d'origine bretonne. Il se meurt. Il est maintenant grand temps de penser aux saints sacrements.

PATHELIN, *en lorrain*. –

    Hé, par saint Gigon[1], tu te mens !
745   Voit a deu ! couille de Lorraine !
    Dieu te mette en bote sepmaine !
    Tu ne vaulx mie une vielz nate ;
    Va, sanglante bote savate ;
    Va foutre ! va, sanglant paillart !
750   Tu me refais trop le gaillart.
    Par la mort bieu ! Sa ! vien t'en boire,
    Et baille moy stan grain de poire,
    Car vrayment je le mangera
    Et, par saint George, je bura
755   A ty. Que veulx tu que je te die ?
    Dy, viens tu nient de Picardie ?

(Pathelin poursuit en latin.)

    Jaques nient se sont ebobis ?
    Et bona dies sit vobis,

---

1. **Saint Gigon** : saint Gorgon fut torturé et couché sur le gril. Il en mourut mais sans plaie ni marque.

🟢 « Hé ! par saint Gorgon, tu te trompes ! Qu'il aille à Dieu, couille de Lorraine ! Dieu te mette en vilaine semaine ! Tu ne vaux pas un vieux con ! Va, sale vieille savate ! Va foutre, va, maudit paillard ! Tu fais trop le malin ! Morbleu, viens-t'en boire ! Et donne-moi ce grain de poivre ! Car vraiment il le mangera. Et, par saint Georges, il boira à ta santé ! Que veux-tu que je te dise ? Dis, ne viens-tu pas de Picardie ? »

🟢 Le passage en latin est comique à la fois parce qu'il parodie les cérémonies religieuses, et parce qu'il est l'occasion pour Pathelin d'injurier le drapier.

Acte II, scène 5

⁷⁶⁰ Magister amantissime,
Pater reverendissime.
Quomodo brulis ? Que nova ?
Parisius non sunt ova ;
Quid petit ille mercator ?
⁷⁶⁵ Dicat sibi quod trufator,
Ille qui in lecto jacet,
Vult ei dare, si placet,
De oca ad comedendum.
Si sit bona ad edendum,
⁷⁷⁰ Pete tibi sine mora.

GUILLEMETTE — Ma foi, il va mourir tout en parlant. Maintenant, c'est en latin... Vous voyez comme il aime la divinité ? Ça y est, c'est la fin. Quant à moi, je vais rester pauvre et malheureuse.

GUILLAUME JOCEAULME, *à part.* — Ce serait bien que je parte avant qu'il ne trépasse. (*À Guillemette.*) Je pense qu'il y a sans doute des choses qu'il n'aurait pas envie de vous dire devant moi au moment de sa mort. Je vous prie de m'excuser, mais je vous jure que je croyais, sur mon âme, qu'il avait pris mon étoffe. Adieu, Madame. Pour l'amour de Dieu, pardonnez-moi !

⁷⁸⁰ GUILLEMETTE. — Dieu bénisse votre journée, et la mienne aussi, pauvre fille que je suis !

GUILLAUME JOCEAULME, *s'en allant.* — Par sainte Marie la gracieuse, me voilà plus abasourdi que jamais ! C'est le diable qui, à sa place, a pris mon étoffe pour me tenter. *Benedicite* ! Qu'il ⁷⁸⁵ ne s'en prenne jamais à moi ! Et puisque c'est comme ça, pour l'amour de Dieu, je la donne à celui qui l'a prise.

> « Par saint Jacques, ils ne s'étonnent de rien ? Hé, bonjour à vous, maître bien-aimé, père très vénéré ! Comment fais-tu ? Quoi de neuf ? Il n'y a pas d'œufs à Paris. Que demande ce marchand ? Il nous a dit que ce trompeur, couché au lit, veut lui donner, s'il lui plaît, de l'oie à manger. Si elle est bonne à manger, demande-lui sans tarder. »

45

SCÈNE 6 – Pathelin, Guillemette

Chez Pathelin.

PATHELIN. – Allez ! (*Il sort du lit.*) Alors, elle était bonne ma leçon ? Et le beau Guillaume s'en va... Mon Dieu, les nœuds qu'il se fait au cerveau ! Il va en faire des rêves, cette nuit, quand il sera couché !

GUILLEMETTE. – Comme on l'a mouché[1] ! J'ai bien joué mon rôle, pas vrai ?

PATHELIN. – Par le corps de Dieu, à vrai dire, vous vous en êtes très bien tirée. En tout cas, nous avons gagné assez d'étoffe pour faire des vêtements.

SCÈNE 7 – Guillaume Joceaulme

Devant son étal.

GUILLAUME JOCEAULME. – Comment ? Tout le monde se paie ma tête ! Chacun emporte mes biens et prend ce qu'il peut. Je suis vraiment le roi des idiots. Même les bergers me roulent. Mais maintenant le mien, qui n'a d'ailleurs pas à se plaindre, je vais lui apprendre à vivre. Par la vierge couronnée, je vais le faire mettre à genoux !

---

1. **Mouché** : remis à sa place.

Acte III

SCÈNE 1 – GUILLAUME JOCEAULME, THIBAUT L'AGNELET

D'un côté, la maison de Pathelin et de l'autre, la salle d'audience.

THIBAUT L'AGNELET. – Dieu bénisse votre journée et votre soirée, mon bon seigneur.

GUILLAUME JOCEAULME. – Ah, te voilà, sale morveux ! Quel bon serviteur tu fais ! Mais pour faire quoi au juste, on se le demande ?

THIBAUT L'AGNELET. – Je ne veux pas vous offenser, mon bon seigneur, mais un certain personnage en habit rayé, tout énervé, qui tenait un fouet sans corde●, m'a dit... Mais, à vrai dire, je ne sais plus très bien ce qu'il m'a dit. Il m'a parlé de vous, mon bon maître, pour je ne sais quelle assignation[1]... Mais moi, je n'ai absolument rien compris. Il m'a embrouillé dans un méli-mélo de « brebis » et d'« après-midi ». Il m'a bien fait sentir votre colère, mon maître.

GUILLAUME JOCEAULME. – Si je ne réussis pas à te traîner devant le juge, là, maintenant, que le déluge s'abatte sur moi ! Tu n'assommeras jamais plus une bête sans t'en souvenir, je te le garantis ! Tu me paieras, quoi qu'il advienne, six aunes... Tu m'as compris ? Six aunes, pour avoir assommé mes bêtes, et les dégâts que tu as causés depuis dix ans.

THIBAUT L'AGNELET. – Ne croyez pas les médisants, mon bon seigneur, car, sur mon âme...

---

1. **Assignation** : convocation au tribunal.

● Le berger décrit l'huissier chargé de porter des messages juridiques. La baguette symbolisait sa fonction.

GUILLAUME JOCEAULME. – Eh bien, par sainte Marie, tu les paieras samedi, mes six aunes d'étoffe... ou plutôt les bêtes que tu m'as volées.

THIBAUT L'AGNELET. – Quelle étoffe ? Ha, mon seigneur, j'ai bien l'impression que vous êtes préoccupé par autre chose. Par saint Loup[1], mon maître, vu la tête que vous faites, je n'ose plus rien dire !

GUILLAUME JOCEAULME. – Fiche-moi la paix ! Fiche-moi le camp et réponds à ton assignation.

THIBAUT L'AGNELET. – Mon seigneur, pour l'amour de dieu, mettons-nous d'accord, que je n'aie pas à plaider !

GUILLAUME JOCEAULME. – Va-t'en ! Je vois clair dans ton jeu. Du balai, j'ai dit ! Je ne ferai aucune concession, ce n'est plus mon affaire, seul le juge décidera de ton sort. Non mais ! Tout le monde voudra me tromper, si je n'y mets pas le holà.

THIBAUT L'AGNELET. – Adieu, mon seigneur, que dieu vous bénisse ! (*À part.*) Il va donc falloir que je me défende.

SCÈNE 2 – PATHELIN, GUILLEMETTE, THIBAUT L'AGNELET

Chez Pathelin.

THIBAUT L'AGNELET, *frappant à la porte*. – Y a-t-il quelqu'un ?

PATHELIN, *à voix basse*. – Que je sois pendu si c'est encore lui !

GUILLEMETTE, *à voix basse aussi*. – Non, ce n'est pas lui. Doux Jésus, ce serait la catastrophe.

THIBAUT L'AGNELET, *entrant*. – Dieu soit avec vous et bénisse cette maison !

---

1. **Saint Loup** : patron des bergers.

Acte III, scène 2

PATHELIN. – Dieu te garde, mon ami. Qu'est-ce qui t'amène ?

THIBAUT L'AGNELET. – On va me reprocher mon absence si je ne me présente pas au tribunal, mon seigneur, à... Je ne sais plus quelle heure de l'après-midi et, s'il vous plaît, vous viendrez, mon cher maître, et défendrez ma cause, car je n'y comprends rien... vous serez très bien payé, je peux vous l'assurer, même si je ne suis pas bien habillé.

PATHELIN. – Viens par là et raconte-moi tout ça. Es-tu le plaignant ou l'accusé ?

THIBAUT L'AGNELET. – J'ai affaire à un malin qui a tout compris, vous voyez ce que je veux dire ? J'ai longtemps gardé et mené paître ses brebis. Ma foi, je trouvais qu'il ne me payait pas assez... Je peux tout vous dire ?

PATHELIN. – Oui, évidemment. On doit tout dire à son avocat.

THIBAUT L'AGNELET. – La stricte vérité, monsieur, c'est que je les ai assommées, ses brebis, à tel point que plusieurs se sont évanouies et sont tombées mortes, aussi vigoureuses et fortes qu'elles étaient. Et puis je lui ai fait croire qu'elles mouraient de la clavelée[1], pour qu'il ne me le reproche pas. Pour chacune, il disait : « Ne la mélange pas avec les autres et jette-la. » Et moi, je répondais : « D'accord. » Mais, finalement, je les faisais disparaître autrement, puisque je les mangeais, moi qui connaissais bien la maladie. Qu'est-ce que vous voulez que je vous dise ? J'ai continué, j'en ai assommées et tuées tellement qu'il a fini par s'en apercevoir. Et, quand il s'est rendu compte qu'il était trompé... mon Dieu ! Il m'a fait surveiller. Et quand on le fait, voyez-vous, on entend les bêtes crier très fort. J'ai donc été pris sur le fait, je ne peux pas le nier. J'aimerais vraiment que nous deux, nous le prenions de court ; et pour ça, croyez-moi, j'ai de

---

1. **Clavelée** : maladie du mouton très contagieuse.

La Farce de Maître Pathelin

quoi payer. Je sais bien qu'il a raison, mais vous trouverez bien un moyen pour inverser le cours des choses.

PATHELIN. – Ma foi, tu seras bien content ! Que me donneras-tu si je renverse la situation, et si tu en ressors libre ?

THIBAUT L'AGNELET. – Je ne vous paierai pas en sou, mais en bel écu d'or à la couronne.

PATHELIN. – Donc ta cause sera bonne, même si elle était deux fois pire, car plus la cause est solide et plus vite je la démolis, quand je me donne du mal. Tu me verras faire un sacré tintamarre quand il aura déposé plainte ! Avance donc, je voudrais te poser une question. Par le saint sang de Dieu, tu es assez malicieux pour comprendre la ruse que je vais t'exposer. Comment t'appelles-tu ?

THIBAUT L'AGNELET. – Par saint Maur[1], Thibaut l'Agnelet.

PATHELIN. – L'Agnelet, tu as dû lui en chaparder des agneaux à ton maître, pas vrai ?

THIBAUT L'AGNELET. – Ma foi, j'en ai bien mangés plus de trente en trois ans.

PATHELIN. – Mais c'est dix fois le prix de tes dés et de ta chandelle● ! Je crois que je vais lui faire avaler n'importe quoi. Penses-tu qu'il puisse trouver sur-le-champ un témoin pour prouver les faits ? C'est le point capital de notre affaire.

THIBAUT L'AGNELET. – « Prouver », monsieur ? Par tous les saints du paradis, ce n'est pas un mais une dizaine de témoins qu'il peut trouver !

PATHELIN. – C'est un gros problème… Voilà ce que je propose. Je ne vais pas montrer que je suis de ton côté ou que je te connais déjà.

THIBAUT L'AGNELET. – Ah non ? Mais alors comment est-ce que…

---

1. **Saint Maur** : saint réputé pour guérir ceux qui souffraient des os.

● **Dans les tavernes, les dés et les chandelles étaient loués.**

Acte III, scène 2

PATHELIN. – Ce n'est pas un problème... Écoute ça : si tu parles, on te prendra en grippe à coup sûr, et dans de telles circonstances, les aveux sont très néfastes, ils nuisent forcément. Pour cette raison, voici ce que nous allons faire : à partir du moment où tu seras appelé à comparaître, tu répondras « bée » à chacune des questions qu'on te posera. S'il arrive qu'on te maudisse en disant : « Hé ! Espèce d'andouille pourrie ! Malheur à toi, saleté ! Vous vous moquez du monde ? », réponds-leur « Bée » – « Ha ! », ferai-je, « c'est un demeuré : il croit parler à ses moutons. » Et même s'ils devaient se taper la tête contre le mur, ne laisse rien échapper de ta bouche. Fais-y bien attention !

THIBAUT L'AGNELET. – C'est dans mon intérêt, je vais vraiment y faire attention. Je ferai ce qu'il faut. C'est promis, juré.●

PATHELIN. – Fais bien attention ! Sois ferme. Même avec moi. Et si je te propose quelque chose, ne me réponds pas autrement.

THIBAUT L'AGNELET. – Moi ? Plutôt devenir fou que de répondre à quiconque, et quelle que soit l'insulte, autre chose que « bée », comme vous me l'avez appris.

PATHELIN. – Comme ça, ton adversaire se laissera prendre à nos grimaces ! Mais arrange-toi aussi pour que je sois content de mes honoraires quand tout ça sera fini.

THIBAUT L'AGNELET. – Mon seigneur, si je ne vous paie pas à votre juste valeur, ne me faites plus jamais confiance. Mais occupez-vous de mon affaire au plus vite, c'est important.

PATHELIN. – Je pense que le juge est en train de siéger[1], car il siège tous les jours à six heures, ou à peu près. Allez, suis-moi de loin : je ne veux pas qu'on nous voie ensemble.

---

1. **Siéger** : tenir une séance durant laquelle les juges écoutent les différents partis avant de rendre leur jugement.

● Thibaut annonce le dénouement en tenant une promesse qui nuira à Pathelin lui-même.

La Farce de Maître Pathelin

THIBAUT L'AGNELET. – Bien vu : comme ça, personne ne saura que vous êtes mon avocat !

PATHELIN. – Et gare à toi si tu ne me paies pas largement !

THIBAUT L'AGNELET. – Bien sûr, comme convenu, mon seigneur, ne vous faites pas de souci.

Il part.

PATHELIN. – Diable ! Si ce n'est pas une grosse affaire, c'est quand même ça de gagné ! J'en tirerai bien quelque chose. Un écu ou deux, si tout va bien.

SCÈNE 3 – PATHELIN, THIBAUT L'AGNELET, GUILLAUME JOCEAULME, LE JUGE

Au tribunal.

PATHELIN, *enlevant son chapeau pour saluer le juge.* – Monsieur, Dieu vous bénisse.

LE JUGE. – Soyez le bienvenu, monsieur●. Vous pouvez remettre votre chapeau. Allez-y, installez-vous là. *(Il désigne une place près de lui.)*

PATHELIN, *restant debout.* – Je suis bien comme ça, si vous le permettez. Je suis plus à l'aise.

LE JUGE. – S'il y a une quelconque affaire, qu'on l'expédie rapidement, que je puisse lever la séance●.

GUILLAUME JOCEAULME. – Mon avocat arrive. Il termine un petit travail en cours, mon seigneur. Veuillez l'attendre, s'il vous plaît.

● En dépit de la réputation de l'avocat, le juge semble l'estimer. Est-ce un signe de son manque de discernement et de professionnalisme ?

● Le juge apparaît d'emblée comme un homme pressé, peu soucieux de rendre la justice. On a ici une satire de la justice.

Acte III, SCÈNE 3

LE JUGE. – Diable ! Mais je n'ai pas que ça à faire● ! Si la partie adverse est présente, expliquez-moi, sans tarder, l'affaire. N'êtes-vous pas le plaignant ?

GUILLAUME JOCEAULME. – Oui, c'est bien ça.

LE JUGE. – Où est l'accusé ? Est-il présent ici en personne ?

GUILLAUME JOCEAULME, *montrant le berger.* – Oui, regardez-le là-bas. Il reste muet, mais Dieu seul sait ce qu'il pense !

LE JUGE. – Puisque vous êtes tous les deux présents, je vous écoute.

GUILLAUME JOCEAULME. – Voici donc le sujet de ma plainte. Mon seigneur, c'est vrai que, au nom de Dieu et par charité, je l'ai nourri depuis sa plus tendre enfance, et quand j'ai vu qu'il était en âge d'aller aux champs, pour aller vite, je lui ai confié mes bêtes à garder. Mais, aussi vrai que vous êtes assis là, monsieur le juge, il en a fait un tel carnage, de mes brebis et de mes moutons, que, sans mentir...

LE JUGE. – Mais voyons, n'était-il pas votre salarié ?

PATHELIN. – Encore heureux ! car s'il s'était en plus amusé à l'employer sans le payer...

GUILLAUME JOCEAULME, *reconnaissant Pathelin.* – Mais c'est encore vous !

Pathelin se cache la figure.●

LE JUGE. – Pourquoi tenez-vous la main aussi haut ? Vous avez mal aux dents, Maître Pierre ?

● La hâte du juge est manifeste dans toute la scène. Cela caractérise certes le personnage mais permet aussi d'accélérer le rythme du procès qui, sinon, pourrait paraître trop long.

● Bon exemple de comique de situation : Pathelin se rend compte que Guillaume est aussi le maître du berger. Cela donne lieu à un jeu de dissimulation (Pathelin se cache la figure) et à une invention (Pathelin a mal aux dents).

La Farce de Maître Pathelin

PATHELIN. – Oui, c'est ça. Elles me font tellement souffrir que je ne me souviens même pas avoir eu aussi mal. Je n'ose même pas lever le menton. Pour l'amour de Dieu, qu'il continue !

LE JUGE, *à Guillaume Joceaulme*. – Allez ! Finissez votre plainte. Vite, concluez et soyez clair.

GUILLAUME JOCEAULME, *à part*. – C'est vraiment lui, et pas quelqu'un d'autre !● *(À voix haute.)* Nom de dieu ! C'est à vous que j'ai vendu six aunes d'étoffe, Maître Pierre !

LE JUGE, *à Pathelin*. – Qu'est-ce que c'est que cette histoire d'étoffe ?

PATHELIN. – Il divague. Il croit revenir à son sujet, mais il n'y arrive pas, parce qu'il ne connaît pas bien sa leçon.

GUILLAUME JOCEAULME. – Que je sois pendu si c'est un autre qui me l'a volée, mon étoffe, bon sang de bonsoir !

PATHELIN. – Comme il va chercher loin pour qu'on croie à son histoire ! Ce que j'ai compris – l'insolent ! – c'est que son berger a vendu la laine qui a servi à faire mon vêtement. Pour lui, ça signifie que son berger le vole et qu'il lui a pris la laine de ses brebis.

GUILLAUME JOCEAULME. – Que je sois damné si vous ne l'avez pas !

LE JUGE. – Silence ! Par le diable, que de bavardages ! Ne savez-vous pas revenir à votre plainte sans retarder tout le monde avec vos commérages !

PATHELIN. – Il s'est tellement emballé qu'il ne sait plus où il s'est arrêté : il faut le lui rappeler.

LE JUGE. – Allons, revenons à nos moutons.● Que leur est-il arrivé ?

● Toute cette scène est un exemple d'exploitation de la double énonciation théâtrale*. Guillaume s'adresse à trois publics distincts : lui-même (aparté*), le Juge et Pathelin (à voix haute), et enfin le public (qui entend tout).

● Cette formule : « revenons à nos moutons », est devenue célèbre dans le sens figuré de « revenir à l'affaire en cours ». Dans le contexte de notre farce, elle est aussi au sens propre. Ce jeu subtil sur les sens propre et figuré crée un effet comique.

Acte III, scène 3

1005 GUILLAUME JOCEAULME. – Il en a pris six aunes, pour neuf francs.

LE JUGE. – Sommes-nous des imbéciles ou des idiots ? Où vous croyez-vous ?

PATHELIN. – Palsambleu, il se moque de vous ! Il a l'air brave comme ça, mais je demande qu'on examine un peu la partie adverse.●

1010 LE JUGE. – Vous avez raison. (*À part.*) Il le fréquente. Il ne peut pas ne pas le connaître. (*À Thibaut l'Agnelet.*) Viens par ici ! Qu'as-tu à nous dire ?

THIBAUT L'AGNELET – Bée !●

LE JUGE. – Voilà autre chose ! Qu'est-ce que c'est que ça ? Est-ce
1015 que je ressemble à une chèvre ? Parle-moi donc !

THIBAUT L'AGNELET. – Bée !

LE JUGE. – Tu te moques de moi ?

PATHELIN. – Il faut croire qu'il est fou ou simplet, ou bien qu'il s'imagine être avec ses bêtes.

1020 GUILLAUME JOCEAULME, *à Pathelin.* – Je renie Dieu, si vous n'êtes pas celui-là même, et pas un autre, qui l'avez eue, mon étoffe ! (*Au juge.*) Ah, vous ne pouvez savoir, mon seigneur, par quelle ruse...

LE JUGE. – Taisez-vous ! Êtes-vous stupide ? Laissez de côté cette broutille, et venons-en au principal.

1025 GUILLAUME JOCEAULME. – Oui mon seigneur, mais l'affaire me concerne. Toutefois, je n'en dirai plus un seul mot. Une autre fois peut-être. On va faire avec en attendant. Pour le moment, la pilule est dure à avaler... Je disais donc, dans ma plainte, comment j'avais prêté six aunes... je veux dire mes brebis... je
1030 vous en prie, monsieur, excusez-moi. Ce gentil maître... Mon

● En habile manipulateur, Pathelin dirige la séance : il donne l'idée d'interroger la partie adverse, propose de défendre l'opprimé, demande de faire taire le plaignant.

● Le berger s'exprime par une onomatopée*.

La Farce de Maître Pathelin

berger, au lieu d'être aux champs... Il me dit que j'aurai six écus d'or quand je viendrai... Je veux dire, il y a de ça trois ans, mon berger s'engagea à me garder loyalement mes brebis, et à ne me faire ni dommage ni mauvais tour, et puis... Maintenant, il nie tout, et l'étoffe et l'argent. Ah ! Maître Pierre, vraiment... Ce truand-ci me volait la laine de mes bêtes, et, même si elles étaient en pleine forme, il les faisait mourir et périr en les assommant et en les frappant avec de gros coups de bâton sur le crâne... Quand mon étoffe fut sous son aisselle, il se mit rapidement en route et m'invita chez lui pour chercher les six écus d'or.

LE JUGE. – Tout ça ne rime à rien. Qu'est-ce que ça veut dire ? Vous mélangez tout. Palsambleu, je n'y comprends rien, en fin de compte. (*À Pathelin.*) Il s'embrouille dans une affaire d'étoffe, et puis babille de brebis, à tort et à travers ! Ce qu'il dit ne tient pas debout !

PATHELIN. – Quant à moi, je suis certain qu'il retient son salaire au pauvre berger.

GUILLAUME JOCEAULME. – Par Dieu, allez-vous vous taire ! Mon étoffe, aussi vrai que la messe... Je sais mieux que vous où le bât blesse. Sur la tête de Dieu, vous l'avez !

LE JUGE. – Qu'est-ce qu'il a ?

GUILLAUME JOCEAULME. – Absolument rien, mon seigneur. Sur ma tête, c'est le pire des trompeurs... Holà ! Je vais me taire, si j'y arrive, et je n'en parlerai plus aujourd'hui, quoi qu'il arrive.

LE JUGE. – Bien ! Mais souvenez-vous-en ! Allez, concluez et soyez plus clair.

PATHELIN. – Ce berger ne peut pas répondre aux accusations sans conseil, et il n'ose ou ne sait pas en demander. Si vous me le permettez, je vais l'assister.

Acte III, scène 3

LE JUGE. – L'assister, lui ? Ce serait, je pense, une bien mauvaise affaire : c'est un gagne-petit.

PATHELIN. – Je vous assure que je n'en espère rien. Ce sera par charité chrétienne ! Je vais donc apprendre du pauvret ce qu'il voudra me dire pour répondre aux accusations de son adversaire. Il aurait du mal à s'en sortir, si l'on ne venait pas à son secours. *(S'adressant au berger.)* Viens par ici, mon ami. *(Au juge.)* Si on pouvait trouver... *(Au berger.)* M'entends-tu ?

THIBAUT L'AGNELET. – Bée !

PATHELIN. – Comment ça « bée » ? Diable, mais tu es fou ? Explique-moi ton affaire.

THIBAUT L'AGNELET. – Bée !

PATHELIN. – Quoi « Bée » ? Entends-tu bêler tes brebis ? C'est pour ton bien, tâche de le comprendre.

THIBAUT L'AGNELET. – Bée !

PATHELIN. – Réponds par « oui » ou « non ». *(À voix basse.)* C'est bien. Continue ! *(Plus fort.)* Parle donc.

THIBAUT L'AGNELET. – Bée !

PATHELIN. – Plus fort ! Ou tu vas le payer cher, je le crains.

THIBAUT L'AGNELET. – Bée !

PATHELIN. – Mais il faut être encore plus fou pour faire un procès à ce fou-là. *(Au juge.)* Ah ! Monsieur, renvoyez-le à ses brebis : il est fou de naissance.

GUILLAUME JOCEAULME. – Il est fou ? Par le saint Sauveur des Asturies[1], il est plus sensé que vous.

PATHELIN, *au juge*. – Renvoyez-le à ses bêtes sans plus tarder, et qu'on ne le revoie plus ! Maudit soit celui qui assigne ou fait assigner un fou comme celui-là !

---

1. **Asturies** : région du nord de l'Espagne.

La Farce de Maître Pathelin

GUILLAUME JOCEAULME. – Et l'on va le congédier avant de m'entendre ?

LE JUGE. – Mon dieu, mais puisqu'il est fou, oui. Pourquoi pas ?

GUILLAUME JOCEAULME. – Hé, Diable ! Monsieur, au moins, laissez-moi auparavant parler et conclure. Ce ne sont ni des mensonges ni des moqueries que je vous raconte.

LE JUGE. – Que de tracas à plaider contre des fous et des folles ! En un mot, je vais lever l'audience.

GUILLAUME JOCEAULME. – Ils vont partir sans aucune obligation de revenir ?

LE JUGE. – Comment ça ?

PATHELIN. – Revenir ! (*Au juge.*) On n'a jamais vu plus fou. Ne lui répondez pas. Ils ne valent pas mieux l'un que l'autre : ce sont deux écervelés. Par sainte Marie la belle, leur tête ne pèse pas bien lourd !

GUILLAUME JOCEAULME. – Vous l'avez emportée par ruse, mon étoffe, sans payer, Maître Pierre. Parbleu, pauvre pêcheur que je suis ! Ce n'est pas le comportement d'un honnête homme.

PATHELIN. – Que je renie saint Pierre de Rome s'il n'est pas complètement fou ou sur le point de le devenir !

GUILLAUME JOCEAULME. – Je vous reconnais par la voix, et le vêtement, et le visage. Je ne suis pas fou, je suis assez sain d'esprit pour savoir qui me veut du bien. (*Au juge.*) Je vais vous raconter toute l'affaire, mon seigneur, en mon âme et conscience.

PATHELIN, *au juge*. – Hé, monsieur, faites-le taire ! (*Au drapier.*) N'avez-vous pas honte d'en faire tout un plat, juste pour trois ou quatre vieilles biquettes qui ne valent pas un clou ? Il en fait une de ces litanies[1]...

---

1. **Litanie** : invocations répétées.

Acte III, SCÈNE 3

GUILLAUME JOCEAULME. – Quels moutons ? C'est toujours pareil ! C'est à vous-même que je parle, et vous me la rendrez, par Jésus Christ notre seigneur !

LE JUGE. – Vous voyez ? Me voici bien loti ! Il ne cessera pas de brailler aujourd'hui.

GUILLAUME JOCEAULME. – Je lui demande...

PATHELIN, *au juge*. – Mais faites-le taire ! (*Au drapier.*) Hé ! Par Dieu, c'est trop d'histoires. Admettons qu'il en ait tué six ou sept, ou une douzaine●, et qu'il les ait mangées... Et alors ? Vous en êtes bien lésé ! Vous avez gagné bien plus, le temps qu'il vous les a gardées.

GUILLAUME JOCEAULME, *au juge*. – Regardez, monsieur, regardez ! Je lui parle d'étoffe, et il répond brebis ! (*À Pathelin.*) Mes six aunes d'étoffe, celles que vous avez mises sous votre bras, où sont-elles ? Ne pensez-vous pas à me les rendre ?

PATHELIN, *au drapier*. – Ha ! Monsieur, le ferez-vous pendre● pour six ou sept bêtes à laine ? Reprenez votre souffle, au moins. Ne soyez pas si dur envers le pauvre berger, qui est nu comme un ver !

GUILLAUME JOCEAULME. – Habile changement de sujet ! C'est le diable qui m'a fait vendre mon étoffe à un tel roublard ! Diable, mon seigneur, je lui demande...

LE JUGE. – Je le décharge de votre accusation et je vous interdis de le poursuivre[1]. C'est du joli de plaider contre un fou ! (*Au berger.*) Retourne à tes moutons.

THIBAUT L'AGNELET. – Bée !

LE JUGE, *au drapier*. – En vérité, on voit bien qui vous êtes, monsieur, par le sang de notre Dame !

---

1. **Poursuivre** : intenter une autre action en justice.

● Pathelin joue habilement avec le langage et dit la vérité à mots couverts.

● Au Moyen Âge, on pendait les voleurs.

La Farce de Maître Pathelin

GUILLAUME JOCEAULME. – Mais que Diable ! Mon seigneur, par
1145 mon âme, je veux lui...
PATHELIN, *au juge*. – C'est possible qu'il se taise ?
GUILLAUME JOCEAULME. – Mais c'est à vous que j'ai affaire. Vous m'avez trompé par ruse et vous avez emporté furtivement mon étoffe grâce à vos belles paroles.
1150 PATHELIN. – Ho ! J'en appelle à ma conscience ! Vous entendez ça, mon seigneur !
GUILLAUME JOCEAULME. – Vous êtes le plus grand des trompeurs. (*Au juge.*) Mon seigneur, que je vous dise...
LE JUGE. – C'est une véritable farce que vous nous jouez tous les
1155 deux, quel tintamarre ! Par Dieu, je suis d'avis de partir. (*Au berger.*) Va-t'en mon ami, ne reviens sous aucun prétexte même si un sergent te convoque. La cour te décharge, le comprends-tu ?
PATHELIN, *au berger*. – Dis : « Merci bien ».
THIBAUT L'AGNELET. – Bée !
1160 LE JUGE, *au berger*. – Va-t'en, j'ai dit. Ne t'en fais pas, ça n'en vaut pas la peine.
GUILLAUME JOCEAULME. – Et c'est normal qu'il parte comme ça ?
LE JUGE. – Hé ! J'ai autre chose à faire. Vous vous moquez vraiment trop du monde. Vous ne me ferez plus siéger ici, je m'en
1165 vais. Voulez-vous venir souper avec moi, Maître Pierre ?
PATHELIN. – Non merci, j'ai d'autres obligations.

SCÈNE 4 – GUILLAUME JOCEAULME, PATHELIN

GUILLAUME JOCEAULME. – Ah ! Sacré voleur ! Dites-moi, serai-je payé à un moment ou à un autre ?
PATHELIN. – De quoi ? Ça ne va pas bien la tête ? Mais pour qui
1170 me prenez-vous ? Bon sang, je me demande vraiment pour qui vous m'avez pris.

Acte III, scène 4

GUILLAUME JOCEAULME. – « Bée » ! Diable !

PATHELIN. – Cher monsieur, un peu de tenue ! Je vais vous dire, moi, et sans plus tarder, pour qui vous me prenez : le bouffon de service, pas vrai ? (*Il enlève son chapeau.*) Regardez, là. Et bien non, il n'est pas chauve comme moi, le bouffon.

GUILLAUME JOCEAULME. – Vous voulez vraiment me prendre pour un imbécile ? C'est vous en personne, vous, et personne d'autre ! C'est bien votre voix, on ne s'y trompe pas.

PATHELIN. – Moi de moi ? Non, pas vraiment. Ôtez-vous ça de la tête. Ne serait-ce pas Jean de Noyon[1] ? Il me ressemble, on a la même taille.

GUILLAUME JOCEAULME. – Que diable ! Il n'a pas votre face d'ivrogne, votre sale trogne ! Mais dites-moi, je ne vous ai pas laissé malade, tout à l'heure, chez vous ?

PATHELIN. – La belle explication ! Malade ? Et de quelle maladie ?... Allez, avouez votre bêtise. C'est très clair, maintenant !

GUILLAUME JOCEAULME. – C'est vous, ou je renie saint Pierre ! Vous, sans aucun doute. Je le sais bien, c'est la stricte vérité !

PATHELIN. – N'en croyez rien, car ça n'est certainement pas moi. Je ne vous ai jamais pris une aune ni même la moitié d'une. Ce n'est pas ma réputation.

GUILLAUME JOCEAULME. – Ha ! Palsambleu, je vais aller voir chez vous si vous y êtes... Si vous y êtes, nous n'aurons plus besoin de nous casser la tête.

PATHELIN. – Sainte Marie, c'est ça, allez-y ! Vous en aurez le cœur net comme ça !

---

1. **Jean de Noyon** : personnage type du sot ou du naïf.

La Farce de Maître Pathelin

SCÈNE 5 – Pathelin, Thibaut l'Agnelet

🐑

PATHELIN. – Dis, Agnelet

THIBAUT L'AGNELET. – Bée !

1200 PATHELIN. – Viens par ici, approche. Ai-je bien résolu ton affaire ?

THIBAUT L'AGNELET. – Bée !

PATHELIN. – La partie adverse s'est retirée : ne dis plus « bée », ça ne sert plus à rien. L'ai-je bien embrouillé, ton petit monsieur ? As-tu reçu de bons conseils ?

1205 THIBAUT L'AGNELET. – Bée !

PATHELIN. – Hé ! Diable, on ne t'entendra pas ! Parle franchement, n'aie pas peur.

THIBAUT L'AGNELET. – Bée !

PATHELIN. – Il est temps que je parte. Donne-moi mon argent !

1210 THIBAUT L'AGNELET. – Bée !

PATHELIN. – À dire vrai, tu t'en es très bien sorti. Excellente, ta mine... Et en plus, comme tu t'es retenu de rire, ça l'a achevé !

THIBAUT L'AGNELET. – Bée !

PATHELIN. – Quoi « bée » ? Arrête de dire ça. Sois gentil, paie-
1215 moi, maintenant.

THIBAUT L'AGNELET. – Bée !

PATHELIN. – Quoi « bée » ? Reprends tes esprits et parle. Allez, paie-moi. Ensuite je m'en irai.

THIBAUT L'AGNELET. – Bée !

1220 PATHELIN. – Tu sais quoi ? Je vais te dire une chose, mon petit bonhomme. Il va falloir cesser de brailler et penser à me payer. Je n'en veux plus, moi, de tes bêlements. Paie-moi, et vite !

THIBAUT L'AGNELET. – Bée !

PATHELIN. – Tu te moques de moi ? C'est tout ce que tu sais faire ?
1225 Je te le jure, tu vas me payer, tu entends ? Sauf si tu te volatilises, bien sûr. Allez, l'argent !

62

Acte III, scène 5

THIBAUT L'AGNELET. – Bée !

PATHELIN. – Tu rigoles ? C'est comme ça ? Je n'obtiendrai rien de plus ?

1230 THIBAUT L'AGNELET. – Bée !

PATHELIN. – Tu fais le malin ! Mais à qui crois-tu avoir affaire ? Tu sais ce qu'il en est ? Ne me débite plus aujourd'hui ton « bée » et paie-moi.

THIBAUT L'AGNELET. – Bée !

1235 PATHELIN, *à part.* – Je n'en tirerai donc rien de plus ? (*Au berger.*) De qui crois-tu te moquer ? Dire que je devrais me féliciter de toi ! Et bien, arrange-toi pour que je puisse le faire !

THIBAUT L'AGNELET. – Bée !

PATHELIN. – Tu te paies donc ma tête ? Dieu me maudisse, j'ai 1240 donc autant vécu pour qu'un berger, une biquette en chemise, un sale paillard, se moque de moi ?

THIBAUT L'AGNELET. – Bée !

PATHELIN, *à part.* – Aucun autre mot ne sortira donc de sa bouche ? (*Au berger.*) Si tu le fais pour t'amuser, dis-le-moi, ne me laisse 1245 pas discuter plus longtemps. Viens, on va souper à la maison.

THIBAUT L'AGNELET. – Bée !

PATHELIN. – Par saint Jean, tu as bien raison : c'est l'élève qui donne une leçon à son professeur ! Moi qui croyais être le maître de tous les fourbes, des rusés et des beaux parleurs... 1250 un simple berger me surpasse ! Par saint Jacques, si je trouvais un sergent, je te ferais pendre !●

THIBAUT L'AGNELET. – Bée !

PATHELIN. – « Bée » ! Que l'on me pende si je ne fais pas venir un sergent dans la minute ! Et malheur à lui s'il ne t'envoie pas 1255 en prison !

THIBAUT L'AGNELET. – S'il me trouve, je lui pardonne !

● Le trompeur est trompé, l'arroseur, arrosé !

La farce de Maître Pathelin

Place de marché, extrait du Chevalier errant *de Thomas de Saluces (vers 1400-1405), manuscrit, BNF, Paris.*

LE DOSSIER

La Farce de Maître Pathelin
Une farce sur la ruse

REPÈRES
En quoi consiste le théâtre au Moyen Âge ? **66**
Qu'est-ce qu'une farce ? **67**

PARCOURS DE L'ŒUVRE
Étape 1 : observer la scène d'exposition **68**
Étape 2 : étudier une scène comique **70**
Étape 3 : interpréter le dénouement **72**
Étape 4 : établir la structure de la farce **74**
Étape 5 : étudier les personnages et le thème
  du renversement de la hiérarchie sociale **76**
Étape 6 : mettre au jour la satire de la justice **78**

TEXTES ET IMAGE
La ruse : groupement de documents **80**

La Farce de Maître Pathelin

En quoi consiste le théâtre au Moyen Âge ?

Le théâtre médiéval a des origines religieuses. Mais à partir du XIIe siècle, des spectacles sont montés sur le parvis des églises et les acteurs jouent en français des pièces dont le sujet n'est plus exclusivement religieux.

● THÉÂTRE SACRÉ ET PROFANE

– Il existe plusieurs types de spectacles religieux : d'abord le drame liturgique, pièce très courte jouée par des clercs en latin ; puis plus populaires et joués en français, le miracle qui retrace la vie d'un saint, et le mystère qui emprunte son sujet aux Évangiles.

Au Moyen Âge, on désigne par ce terme un homme lettré, en lien étroit avec l'Église, qui sait écrire et lire.

– Le théâtre profane apparaît vers le XIIe siècle et se développe dans différents registres. Les moralités sont des pièces sérieuses dans lesquelles des personnages illustrent des valeurs morales et le registre comique est illustré par les sotties, où des personnages, habillés en fous, disent ce qui leur passe par la tête sur l'actualité, le pouvoir, l'Église.

Inspiré du bouffon du roi, sa fonction est de railler les puissants en jouant le rôle de révélateur grotesque des travers de la société.

> ### Qu'est-ce qu'un mystère au Moyen Âge ?
>
> *Le mystère représente les grands moments de la vie de Jésus-Christ. Ces fêtes spectaculaires, organisées par l'Église pour un public illettré, durent plusieurs jours, complétant ainsi l'enseignement des vitraux et des bas-reliefs des édifices religieux.*

● LES CONDITIONS MATÉRIELLES DE LA REPRÉSENTATION

Plusieurs décors sont juxtaposés et les acteurs se déplacent de l'un à l'autre. Les lieux de l'action sont représentés par un meuble ou un objet. Les dialogues permettent aux spectateurs de compléter mentalement la mise en scène. Les comédiens jouent pendant les foires ou les fêtes religieuses dans des endroits passagers, tels les parvis des églises, et font la quête à la fin des représentations.

REPÈRES

Qu'est-ce qu'une farce ?

La farce met en scène un nombre limité de personnages autour d'une intrigue relativement simple. Elle naît au XIe siècle mais son influence s'exerce au-delà du Moyen Âge.

● UN THÉÂTRE POUR LES « PETITES GENS »

La farce représente les « petites gens », c'est-à-dire des paysans ou des bergers, des artisans, des marchands et leurs clients qui évoluent dans leur cadre quotidien et se préoccupent de manger, dormir, trouver de l'argent, se divertir. Elle a longtemps souffert d'une mauvaise réputation, parce qu'elle met en scène des sujets considérés comme immoraux : une querelle de ménage ou de voisinage, une situation de dettes, un adultère...

La farce trouve probablement son origine dans les mystères où elle était insérée pour détendre les spectateurs. Le mot farce est de la même famille que farder, dénotant l'idée du mensonge et de la tromperie.

● LES INGRÉDIENTS DE LA FARCE : COMIQUE ET TROMPERIE

– Le principal ressort de la farce est la tromperie. Des personnages rusés jouent un rôle à l'intérieur même de la pièce pour duper leur(s) victime(s) : c'est le théâtre dans le théâtre. Ainsi, Pathelin est un avocat mais il joue le malade agonisant. Le plus souvent, le trompeur se caractérise par un comportement contraire à la morale sociale et renverse l'ordre habituel des choses, comme au carnaval.

– La farce fait appel à de nombreux procédés comiques : le comique de situation (répétition de scènes, retournement de situation, etc.), mais aussi le comique de gestes (poursuites, coups de bâton) ou les jeux de langage.

Le carnaval : un monde à l'envers

Au Moyen Âge, le carnaval a lieu le jour du mardi gras, du mercredi des cendres et du premier dimanche du Carême. Il donne lieu à des fêtes où la hiérarchie sociale est bouleversée et les pouvoirs, renversés. C'est un moment de très grande liberté où tout est permis.

Étape 1 • Observer la scène d'exposition

SUPPORT : Acte I, scène 1

OBJECTIF : Comprendre la fonction de la scène d'exposition.

As-tu bien lu ?

1 Où l'action se déroule-t-elle ? Qu'est-ce qui te permet de le dire ?

2 Quelles sont les relations entre Guillemette et Pathelin ?
   ☐ frère et sœur
   ☐ mère et fils
   ☐ mari et femme

3 Quel est le métier de Pathelin ? Relève la phrase qui te permet de répondre.

4 Pourquoi Pathelin se plaint-il ?
   ☐ Il est malade.
   ☐ Il est pauvre.
   ☐ Il n'a pas d'amis.

5 Pour quelle raison Pathelin se rend-il à la foire ?
   ☐ pour manger de l'oie
   ☐ pour acheter de l'étoffe
   ☐ pour acheter du café

Un « maître » trompeur

6 Quel « talent » de Pathelin Guillemette souligne-t-elle ?

7 Comment Pathelin parvient-il à mettre un terme à l'accusation de Guillemette ?

8 Comment la fin de la scène illustre-t-elle le principal défaut de Pathelin ?

9 Quelle est l'attitude de Guillemette face aux intentions de son mari ?

Les effets comiques

10 Relève les répétitions et les expressions qui se répondent de la ligne 33 à la ligne 51. Quel effet ces répliques produisent-elles ?

« dans l'art de tromper » (l. 33)	.... (l. 35)
	.... (l. 36-37)
« le métier d'avocat » (l. 40)	.... (l. 41)
« vous en avez la réputation » (l. 42)	.... (l. 43)
« je veux aller à la foire » (l. 45-46)	.... (l. 47)
	.... (l. 48)

11 Relève toutes les formules de serments.
Quel est le but de cette accumulation ?

La langue et le style

12 Quels sont les mots et expressions qui indiquent que le texte date du Moyen Âge ?

13 Pathelin est appelé « maître » pour deux raisons. Lesquelles ? Explique.

14 D'après ce que tu sais du personnage, donne le sens de l'adjectif « pathelin / patheline ».

Faire le bilan

15 En quoi cette scène d'exposition nous introduit-elle dans la farce ?
Tu peux parler des personnages, de l'action, du ton de la pièce.

À toi de jouer

16 Imagine la (ou les) raison(s) qui explique(nt) pourquoi Pathelin n'a plus autant de clients qu'avant.

17 Apprends le début de la scène avec un camarade et amuse-toi à ajouter des jurons (sans grossièreté !). Ex. : « Bon sang ! », « Non mais c'est pas vrai ! », « Zut alors ! »

La Farce de Maître Pathelin

Étape 2 • Étudier une scène comique

SUPPORT : Acte II, scène 5

OBJECTIF : Identifier les différentes formes de comique.

As-tu bien lu ?

1 Que vient faire Guillaume chez Pathelin ?
☐ Il vient chercher de l'étoffe.
☐ Il vient récupérer son argent.
☐ Il vient saluer Maître Pathelin.

2 Remets dans l'ordre les résumés des scènes précédentes.
☐ Pathelin appelle Guillemette. Il prend le drapier pour un médecin et délire. Le drapier, inquiet, repart.
☐ Le drapier va vérifier sur son étal s'il a vendu ou non l'étoffe.
☐ Le drapier vient une première fois chez Pathelin pour récupérer son argent mais Guillemette feint de ne rien comprendre à sa demande et dit que son mari est malade.
☐ Guillemette et Pathelin se moquent du drapier et attendent son retour.

3 Que fait Pathelin pour feindre d'être malade ?
☐ Il reste muet et sans réaction.
☐ Il prononce des discours en différentes langues.
☐ Il se tord de douleur dans son lit.

Un comique de situation

4 La scène répète une autre scène. Laquelle ? Quelle est la différence ?

5 En quoi cette scène est-elle un retournement de situation ? Quel personnage l'emporte ? Pourquoi ?

6 Le spectateur connaît-il les intentions de Pathelin ? Justifie ta réponse.

Un comique de caractère : trompeurs et trompés

7 En quoi le personnage de Pathelin est-il comique ?

8 Quel rôle Guillemette joue-t-elle ? Quel trait de son caractère cette scène met-elle particulièrement en évidence ?

9 Pourquoi le drapier fait-il rire le spectateur ? Justifie ta réponse en relevant des répliques et en analysant la ponctuation.

La langue et le style

10 Pathelin mêle les registres de langue. Trouve des mots ou des expressions qui illustrent chaque registre et classe-les dans le tableau. Relis bien les notes de bas de page. Elles t'aideront à répondre.

Registre soutenu		Registre courant		Registre familier	
Termes techniques (médecine, justice, commerce)	Références à la culture savante (allusion à la littérature, à la science)	Termes courants	Références à la culture populaire (proverbes, personnages, mythes, légendes)	Termes scatologiques	Grossièretés

Faire le bilan

11 Quels sont les procédés comiques utilisés dans cette scène de farce ? Pour répondre, tu peux t'appuyer sur les réponses aux questions précédentes.

À toi de jouer

12 Réécris une courte partie de la scène en ajoutant des indications scéniques sur la gestuelle des personnages (ex. : *Pathelin se lève, Guillemette met les mains sur les hanches, Guillaume s'affale sur un tabouret*, etc.).

La Farce de Maître Pathelin

Étape 3 • Interpréter le dénouement

SUPPORT : Acte III, scène 5

OBJECTIF : Repérer les principales caractéristiques du dénouement d'une farce.

As-tu bien lu ?

1 Quels sont les personnages présents dans cette scène ?

2 Quel est le sujet de conversation des personnages dans cette scène ?
- ☐ le souper
- ☐ les honoraires de l'avocat
- ☐ le jugement
- ☐ le mariage du berger

Les vaines tentatives de l'avocat

3 Pour obtenir son argent, Pathelin tente plusieurs stratégies. Remets-les dans l'ordre en les numérotant.
- ☐ Il invite le berger à souper.
- ☐ Il met en valeur ses qualités d'avocat.
- ☐ Il menace le berger de le faire pendre.
- ☐ Il complimente le berger sur son rôle au tribunal.

4 Quel sentiment envahit peu à peu l'avocat ?
- ☐ la compassion
- ☐ la colère
- ☐ l'amitié
- ☐ la tristesse

Le renversement de situation

5 a. En quoi assiste-t-on dans cette scène à un retournement de situation ? Coche les bonnes réponses.

	Acte III, scène 4	Acte III, scène 5
Pathelin est un avocat rusé.		
Pathelin est décevant.		
Pathelin est trompé.		
Thibaud l'Agnelet est rusé.		
Thibaud l'Agnelet est un simple berger.		
Thibaud l'Agnelet est le trompeur le plus habile.		

b. Rédige une réponse en utilisant le tableau.

6 a. Par quels moyens Thibaud l'Agnelet trompe-t-il Pathelin ?
☐ Il le flatte en l'appelant « Mon seigneur », « Mon cher maître ».
☐ Il lui fait croire qu'il l'invitera à souper.
☐ Il attise sa convoitise en lui disant qu'il le paiera en écu d'or.
☐ Il lui reproche d'être un avocat rusé, qui trompe le monde.

b. Quel autre personnage avait également utilisé ces armes pour atteindre son but ? Justifie ta réponse.

Une fin ouverte

7 Quel personnage a le dernier mot de la farce ? Est-ce surprenant ? Pourquoi ?

8 Quelles actions à venir les deux dernières répliques suggèrent-elles ? Complète les phrases.
– Pathelin va ...
– Thibaud l'Agnelet va ...

La langue et le style

9 Relève quelques phrases exclamatives et explique pourquoi Pathelin s'exclame autant.

10 Pourquoi Pathelin emploie-t-il l'impératif ? Relève deux exemples et commente-les.

Faire le bilan

11 Quels sont les éléments qui caractérisent le dénouement de la farce ? Utilise les réponses aux questions précédentes.

À toi de jouer

12 Pathelin trouve le sergent. Rédige un court récit pour raconter l'entrevue des deux hommes.

Étape 4 • Établir la structure de la farce

SUPPORT : Toute la pièce

OBJECTIF : Comprendre l'unité d'une farce à trois intrigues.

As-tu bien lu ?

1 Résume la farce en écrivant une phrase pour chaque scène.
Utilise un tableau pour répondre.

Acte	Scène	Ce qui se passe

La tromperie : un facteur d'unité

2 Complète le texte à trous avec les noms suivants : Pathelin, Guillaume Joceaulme, Thibaud l'Agnelet.

.... achète à crédit de l'étoffe à ...., qui pense l'avoir trompé en lui vendant cher une mauvaise étoffe. Mais .... trompe .... en se faisant passer pour malade et ne le paie pas. ...., en colère, compte se venger de tous ceux qui le dupent. Il assigne en justice ...., qui choisit .... comme avocat.

Finalement, ... parvient à tromper .... en prenant au pied de la lettre ses conseils.

3 Quel est le point commun des actes commis par Pathelin (acte I), Guillaume (acte I, scène 2) et Thibaud (acte III, scène 5) ?
Retrouve dans la farce les phrases qui justifient ta réponse.

4 Quel est le personnage le plus rusé ? Et le moins rusé ?
Justifie ta réponse.

Une farce et trois intrigues

5 Résume l'action des deux premiers actes de la farce.

6 Quel est le personnage qui permet de relancer l'action à la fin de l'acte II ? Quand intervient-il ? Relève la première phrase où il est question de lui.

7 Quelle est la seconde intrigue à laquelle Pathelin est mêlé ? Quel rôle joue-t-il dans cette histoire ?

8 Retrouve les trois actions présentes dans *La Farce de Maître Pathelin*. Coche les bonnes cases.
☐ Pathelin vole le drapier.
☐ Guillemette vole Pathelin.
☐ Guillaume veut se venger d'un vol.
☐ Thibaud vole Pathelin.
☐ Pathelin veut voler Thibaud.

9 Quel est le dénouement de chacune des trois intrigues ?

Faire le bilan

10 Complète le texte à trous avec les mots suivants : *deux, tromper, ruse, actes, troisième, trois, dernière.*
La farce met en scène .... actions. La première occupe les deux premiers .... de la pièce. La seconde occupe en grande partie le .... acte. Enfin, la troisième action débute dans la .... scène de la farce. Chaque action oppose .... personnages.
Chaque personnage essaie de .... l'autre. Les plus malins utilisent la .... pour parvenir à leurs fins.

À toi de jouer

11 Imagine la suite de l'histoire. Rédige-la sous la forme d'un récit à la troisième personne en te centrant sur un personnage de ton choix.

La Farce de Maître Pathelin

Étape 5 • Étudier les personnages et le thème du renversement de la hiérarchie sociale

SUPPORT : Toute la pièce

OBJECTIF : Repérer les relations entre les personnages et le bouleversement de la hiérarchie sociale.

As-tu bien lu ?

1 Retrouve le métier de chaque personnage.

Thibaut l'Agnelet • • drapier
Guillaume Joceaulme • • berger
Maître Pathelin • • avocat

2 Complète le texte à trous avec les mots suivants : *avocat, berger, marchand, épouse, patron*.

Pathelin parle avec Guillemette, son .... Après avoir évoqué leur pauvreté, il part à la foire chercher de l'étoffe et rencontre Guillaume Joceaulme, un .... à qui il achète une étoffe à crédit. Il parvient à ne pas la payer mais le marchand décide de se venger de tous ceux qui l'ont volé. Il assigne en justice Thibaut l'Agnelet, son .... qui a tué et mangé ses brebis. Ce dernier est alors contraint de se défendre face aux accusations de son .... Maître Pathelin sera son .... et, grâce à lui, il gagnera son procès.

3 Retrouve le personnage qui correspond le mieux à chaque description.

Pathelin • • naïf, cupide et vaniteux
Thibaut l'Agnelet • • rusée, habile et bonne comédienne
Guillemette • • honnête, sérieux mais sans discernement
le juge • • rusé, intelligent et voleur
Guillaume Joceaulme • • rusé, trompeur mais trop sûr de lui

Une société hiérarchisée

4 Lis la description des classes sociales au temps de *La Farce de Maître Pathelin*. Retrouve à quelle classe sociale appartient chaque personnage de la pièce et complète le tableau. Attention : certaines classes n'ont aucun représentant dans la farce.

PARCOURS DE L'ŒUVRE

Classe sociale	Composition	Personnages de la farce représentant cette classe sociale
La noblesse	Gens qui sont au-dessus des roturiers par leur naissance, leurs exploits militaires ou chevaleresques.	
Le clergé	Hommes d'église (du vicaire au cardinal).	
La bourgeoisie	Artisans ou commerçants vivant en milieu urbain.	
Les « hommes nouveaux » du XVe siècle	Gens plus ou moins lettrés et instruits, plus ou moins fortunés, plus ou moins fixés dans un emploi (les hommes de loi, par exemple, qui commencent une carrière dans le commerce puis finissent au tribunal).	
La paysannerie	Gens qui cultivent la terre ou font de l'élevage.	

5 D'après Pathelin, qui de l'avocat ou du drapier est le plus riche ? Qu'en penses-tu ? Retrouve les phrases de l'acte I qui te permettent de répondre.

Un monde à l'envers

6 De quel personnage rit-on le plus ? Pourquoi ?

7 Quels sont les deux vainqueurs dans l'histoire ? Justifie ton choix.

8 Quelle est la « compétence » qui permet aux personnages d'inverser l'ordre attendu des choses ?

La langue et le style

9 Dans quelle scène Pathelin témoigne-t-il d'une parfaite maîtrise des langues ? À quoi cela lui sert-il ?

10 Qui a le dernier mot ? Comment s'y est-il pris ?

Faire le bilan

11 Comment la pièce met-elle en scène un renversement de la hiérarchie sociale ? Pour répondre, tu peux t'appuyer sur la progression de l'action, les caractères et les métiers exercés par les personnages.

À toi de jouer

12 Quel proverbe cette farce illustre-t-elle ? Recherche dans la littérature ou au cinéma, des exemples d'œuvres illustrant ce proverbe.

La Farce de Maître Pathelin

Étape 6 • Mettre au jour la satire de la justice

SUPPORT : Toute la pièce et l'enquête

OBJECTIF : Identifier la caricature de la justice et le pouvoir des mots.

As-tu bien lu ?

1 De quels hommes de loi est-il question dans la farce ? Remplis le tableau en indiquant ceux qui apparaissent sur scène et ceux dont on parle.

Les hommes de loi qui apparaissent sur scène			Les hommes de loi dont on parle		
Nom et statut du personnage	Acte	Scène	Statut du personnage	Acte	Scène

2 Quels sont les délits qui doivent être jugés ?

3 Dans la pièce, quel est l'objet de la plainte ? Qui est le plaignant ? Qui est l'accusé ?

Les hommes de loi

4 D'après l'enquête, quel est le type d'avocat représenté par Pathelin ?

5 Comment peut-on qualifier le juge ?

Les peines et les procédures

6 Certaines peines sont mentionnées dans notre farce. Resitue-les.

Peines	Acte	Scène
Amende		
Humiliation publique		
Exécution		

PARCOURS DE L'ŒUVRE

7 Quelle peine finale Pathelin réclame-t-il pour le berger ?
D'après l'enquête, est-elle adaptée à la situation ?

8 Guillaume Joceaulme a-t-il déposé plainte contre son berger ?
Relève la réplique du berger qui te permet de répondre.

9 Le procès évoqué dans la scène 3 de l'acte III comporte des anomalies.
Après avoir relu l'enquête, coche les propositions qui ne conviennent pas
à notre farce.
☐ La plainte a été déposée dans un bureau.
☐ Un greffier note le déroulement du procès.
☐ Le juge prononce la sentence finale.
☐ L'accusé se défend simplement en proclamant son innocence.

Le pouvoir du langage

10 Dans la scène 3 de l'acte III, qui dirige l'audience ? Est-ce dans l'ordre
attendu des choses ? Qu'est-ce que cela signifie ?

11 Quelle ruse permet au berger d'être libéré ?

Faire le bilan

12 Quels défauts des hommes de loi la farce dénonce-t-elle ?

13 Explique en quoi « la parole et ses pouvoirs » peuvent être considérés
comme un thème majeur de cette farce. Appuie-toi sur tes réponses
précédentes.

À toi de jouer

14 Tu es témoin d'un vol au Moyen Âge : un avocat a volé un jambon
sur une foire. Tu veux défendre le boucher. Rédige le récit du procès
en t'appuyant sur les éléments de l'enquête.

La ruse :
groupement de documents

OBJECTIF : Comparer plusieurs documents qui mettent en scène la ruse.

DOCUMENT 1 JEAN DE LA FONTAINE, *Les Fables*, « Le Corbeau et le Renard ».

Maître Corbeau, sur un arbre perché,
Tenait en son bec un fromage.
Maître Renard, par l'odeur alléché,
Lui tint à peu près ce langage :
5 « Hé ! bonjour, Monsieur du Corbeau.
Que vous êtes joli ! que vous me semblez beau !
Sans mentir, si votre ramage
Se rapporte à votre plumage,
Vous êtes le Phénix des hôtes de ces bois. »
10 À ces mots le Corbeau ne se sent pas de joie ;
Et pour montrer sa belle voix,
Il ouvre un large bec, laisse tomber sa proie.
Le Renard s'en saisit, et dit : « Mon bon Monsieur,
Apprenez que tout flatteur
15 Vit aux dépens de celui qui l'écoute :
Cette leçon vaut bien un fromage, sans doute. »
Le Corbeau, honteux et confus,
Jura, mais un peu tard, qu'on ne l'y prendrait plus.

DOCUMENT 2 VIRGILE, *L'Énéide*, Livre II, v. 232-267. Trad. Anne-Marie Boxus et Jacques Poucet.

Dans le chant II de L'Énéide, Énée, à la demande de Didon, raconte la chute et le saccage de Troie : dissimulés dans un cheval en bois, Ulysse et d'autres Grecs sont introduits dans la ville par les Troyens eux-mêmes qui ont pensé que le cheval était une offrande aux dieux abandonnée par les Grecs avant de reprendre la mer. Les troupes grecques se sont en fait cachées dans une île, Ténédos, en face de Troie et attendent la nuit pour retourner vers la ville.

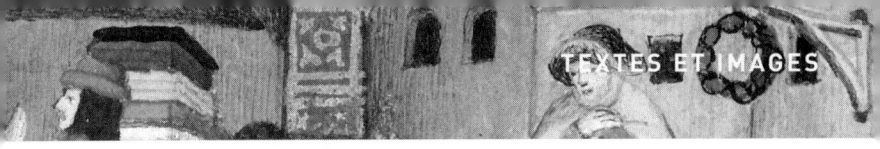

On crie en chœur qu'il faut transporter la statue à sa place, et implorer la toute puissance de la déesse ! Nous perçons la muraille et ouvrons les remparts de la ville. Tous se mettent à l'œuvre. Sous les pieds du cheval, on glisse un train de roues ; autour de son cou, on tend des cordes de chanvre ; la machine fatale, pleine d'hommes armés, franchit les remparts. Des enfants, des jeunes filles chantent tout autour des hymnes sacrés, et trouvent plaisir à toucher de la main les cordes de l'engin. Celui-ci monte et, menaçant, pénètre jusqu'au centre de la ville. [...] Quatre fois, au seuil même de la porte, la machine s'arrête ; quatre fois en son ventre les armes résonnent ; et pourtant, nous insistons, inconscients et aveuglés par notre folie, et nous installons en notre sainte citadelle ce monstre de malheur. [...] Et nous, malheureux, qui vivions notre dernier jour dans la ville, nous ornons les temples des dieux de feuillages de fête. Pendant ce temps, le ciel tourne ; la nuit monte de l'océan, enveloppant de son ombre infinie la terre et la mer, et les ruses des Myrmidons[1] ; les Troyens, épars le long des murs, se sont tus ; le sommeil a engourdi leurs membres épuisés. Mais déjà, dans le silence complice d'une lune amie, sur ses navires alignés la phalange argienne[2] arrivait de Ténédos, cinglant vers le rivage familier. Dès que le vaisseau royal eut envoyé un signal lumineux, alors, fort des iniques[3] décrets divins, Sinon[4] détache furtivement les cloisons de pin et délivre les Danaens[5] enfermés dans le ventre ; le cheval ouvert rend à l'air libre ces hommes qui, tout joyeux, sortent de leur antre de bois : les chefs Thessandre et Sthénélus, et l'impitoyable Ulysse glissent le long d'une corde qu'ils ont lancée, ainsi qu'Acamas et Thoas, et Néoptolème, descendant de Pélée, et, en tête, Machaon et Ménélas et Epéos, celui-là même qui avait fabriqué le piège. Ils envahissent la ville ensevelie dans le sommeil et le vin ; ils abattent les veilleurs et, par les portes ouvertes, font entrer tous leurs compagnons ; les troupes complices sont ainsi réunies.

1. **Myrmidons** : autre nom des Grecs.
2. **Phalange argienne** : les soldats d'Argos.
3. **Inique** : injuste.
4. **Sinon** : cousin d'Ulysse.
5. **Danaens** : autre nom désignant les Grecs.

DOCUMENT 3 GEORGES DE LA TOUR, *Le Tricheur à l'as de carreau*, vers 1635. Huile sur toile, Musée du Louvre, Paris.

As-tu bien lu ?

1 Document 1 : Où se trouve le Corbeau ?
2 Document 2 : Dans quelle ville pénètre le cheval de bois ?

La mise en scène de la ruse

3 Dans chaque texte, quels sont les trompeurs ?
4 Quels objets convoitent les trompeurs dans ces textes ?
5 Quelle est l'erreur de celui qui est trompé ? Plusieurs réponses sont possibles.

TEXTES ET IMAGES

Document 1 :
☐ Le Corbeau croit que le Renard admire sa voix.
☐ Le Corbeau pense que le Renard est son ami.
☐ Le Corbeau pense que le Renard le flatte.

Document 2 :
☐ Les Troyens pensent que le cheval est une offrande.
☐ Les Troyens croient que les Grecs sont partis.
☐ Les Troyens croient que le cheval est un véritable animal.

6 À quelle ligne du document 1 le trompeur parvient-il à ses fins ?
À quelle ligne du document 2 les Grecs réussissent-ils leur machination ?

La ruse à usage personnel ou collectif

7 Pour qui Renard agit-il ?

8 À qui profite la ruse du cheval de Troie ?

Lire l'image

9 En t'appuyant sur le jeu des regards, peux-tu dire quels sont les personnages qui semblent de connivence ?

10 Observe les attributs de chaque personnage de gauche et complète le tableau en cochant la case qui convient pour chacun d'eux.

	Le vin	Le jeu	L'argent
L'homme			
La servante			
La dame			

11 Quel personnage est trompé par « le tricheur » ? Qu'est-ce qui te permet de le dire ?

12 En quoi consiste la ruse du tricheur ?

À toi de jouer

13 La ruse peut s'exprimer à travers le langage (flatterie) ou les actes (machination, tricherie). Trouve un autre exemple de ruse, dans la littérature ou au cinéma, et raconte-le en quelques lignes.

Aujourd'hui la loi est la même pour tout le monde, que l'on habite au nord ou au sud de la France. Mais à l'époque de La Farce de Maître Pathelin, *plusieurs justices existent, celle de l'Église et celle du roi, celle de la province et celle de la capitale, celle du nord et celle du sud.*
Alors comment rend-on la justice à une époque où le droit varie d'un endroit à l'autre ?

L'ENQUÊTE

Quelle justice pratique-t-on au Moyen Âge ?

1. Comment s'organise la justice au Moyen Âge ?........86
2. Qui sont les hommes de loi ?......................87
3. Où rend-on la justice ?............................89
4. Comment se déroule un procès ?..................91
5. Quelles sont les peines ?.........................93

L'ENQUÊTE EN 5 ÉTAPES

1. Comment s'organise la justice au Moyen Âge ?

Au tout début du Moyen Âge, la loi du Talion[1] prime. Mais petit à petit, des règles s'imposent et on prend l'habitude de recourir à un arbitre extérieur.

● LE RÔLE DE LA COUTUME

Au début du Moyen Âge, suite aux nombreuses invasions de la Gaule, il y a beaucoup de peuples dits « barbares ». Cette diversité empêche la constitution d'une seule et unique justice pour tout le monde. Chaque communauté a ses propres lois, basées sur ses coutumes et ses traditions.

● DE LA JUSTICE DE DIEU À LA JUSTICE DES HOMMES

Au fur et à mesure qu'il s'étend, le christianisme développe ses propres théories et procédures. Et c'est cette justice qui prévaut jusqu'au XIIe siècle, date de parution du *Décret* de Gratien[2], un ouvrage qui rassemble l'ensemble des lois connues. Cette œuvre, qui s'inspire du droit romain, est rapidement adoptée par les écoles de droit et devient le fondement du droit médiéval. Parallèlement, le monde de la justice commence à s'organiser, les bases d'une administration sont posées.

● UNE LENTE ÉVOLUTION

Si une évolution est en route, elle n'est pas achevée à l'époque de *La Farce de Maître Pathelin*. Tandis que pour les affaires civiles, on recourt à des lois qui s'inspirent du droit romain, on continue de se référer à Dieu pour les affaires pénales. La coutume prévaut encore dans le Nord du Pays.

Une période faste

Au XIIe siècle, le pays connaît une véritable renaissance. La population augmente, la production agricole s'accroît, le commerce est florissant, le pouvoir politique est stable.
Dans les villes, devenues de véritables capitales du savoir, lettrés et intellectuels refont le monde. On découvre la science arabe et on redécouvre l'antiquité grecque et latine.
C'est aussi l'époque des croisades.

---

1. Loi du Talion : la vengeance est proportionnelle au crime (« Œil pour œil, dent pour dent »).

2. Gratien : moine d'origine italienne qui aurait enseigné le droit dans son monastère au XIIe siècle.

L'ENQUÊTE

Qui sont les hommes de loi ?

Les seigneurs ont longtemps appliqué leur propre justice sur leurs terres. Il faut attendre Saint-Louis pour que s'impose progressivement l'idée que « toute justice émane du Roi ».

Saint-Louis

Saint-Louis (1214-1271) est le premier roi à rendre la justice à ses sujets, sous un chêne à Vincennes. Considéré comme le justicier suprême, il remplace d'anciennes coutumes médiévales par des formes de justice plus modernes. Réputé juste et diplomate, il est choisi pour arbitrer des successions, des passations de pouvoirs et pour régler des querelles entre puissants seigneurs et dirigeants.

Saint-Louis portant le sceptre et la main de justice, XIIIe siècle, Archives Nationales, Paris.

● LE SEIGNEUR ET LES JUGES FÉODAUX

Conformément au droit féodal, les seigneurs rendent la justice sur leurs terres. Ils exercent une justice de proximité, moins coûteuse que la justice royale. Ils arbitrent les affaires mineures comme les conflits entre paysans. Les seigneurs les plus puissants délèguent leur pouvoir judiciaire à des représentants : prévôt, bailli, sénéchal ou juge[1] ; c'est eux qui, au nom du seigneur, prononcent le verdict, la sentence finale.

● LE ROI ET LES OFFICIERS ROYAUX

Au cours du Moyen Âge, le roi souhaite rendre personnellement la justice et veut que ses lois soient appliquées sur l'ensemble de son royaume. Ne pouvant agir seul dans tout le territoire, il nomme un chancelier[2] et choisit des officiers royaux.

---

1. Prévôt, bailli, sénéchal, juge : officiers délégués d'abord par le seigneur, puis par le roi, pour rendre la justice.

2. Chancelier : personnage nommé à vie qui peut remplacer le roi dans son conseil et présider toutes les cours de justice du pays.

À la fin du Moyen Âge, la justice est un attribut essentiel du pouvoir : la « main de justice », symbole de l'autorité judiciaire, est remise au roi au moment du sacre.

● **LES AVOCATS**

Le métier d'avocat s'organise au XIVe siècle. L'avocat doit prêter serment, défendre une cause juste et recevoir un salaire modéré. Généralement, c'est un clerc[3]. Le bâtonnier est le président du conseil de « l'Ordre des avocats ». Son nom vient du fait qu'il porte un bâton dans les processions religieuses médiévales. Son rôle consiste notamment à régler les querelles entre confrères. Au XVe siècle, certains avocats ont mauvaise réputation : ce sont les clercs de taverne, beaux parleurs qui savent rédiger un acte (écrit juridique) et arranger un procès contre de l'argent.

Un clerc rendant la justice, Jean Golein (vers 1325-1403).

● **LE GREFFIER**

Le greffier est, comme le juge, un officier du roi. Il doit rédiger le déroulement du jugement. Il écrit très vite, en soudant tous les mots ; il met ainsi des majuscules au début de chaque mot. Il conserve précieusement chaque procédure dans un bureau : le greffe.

Le système des offices

À partir du XIIIe siècle, on peut acheter au roi le droit d'exercer une fonction publique et d'en tirer tous les profits : c'est le système des offices. Alors qu'ils étaient auparavant désignés par des seigneurs, les juges sont désormais choisis par le roi et deviennent ses serviteurs. Ils doivent faire appliquer ses lois sur tout le territoire.

3. Clerc : homme instruit qui sait lire et écrire.

L'ENQUÊTE

Où rend-on la justice ?

La justice est d'abord rendue dans l'espace privé d'une cour seigneuriale, royale ou ecclésiastique. Ce confinement a longtemps été à l'origine d'injustices. C'est donc par souci de transparence que le jugement s'est déplacé dans un espace public.

● **À LA COUR DU SEIGNEUR**

La cour seigneuriale est présidée par le seigneur ou l'un de ses représentants. Le tribunal seigneurial se compose, théoriquement, de trois personnes : le juge, le procureur (à partir du XIVe siècle) et le greffier. Le juge prononce la sentence, le procureur engage les poursuites et le greffier tient les archives de la justice.

● **CHEZ LE ROI, AU TRIBUNAL DU PALAIS**

Dès la dynastie mérovingienne, le roi rend la justice dans son palais : c'est le « tribunal du Palais ». Au XIIIe siècle, le premier parlement[1] est installé dans le palais de Louis IX. L'espace est délimité sur trois côtés par les sièges des juges et, sur le quatrième, par une barre. Le centre de la salle forme un petit parc ou « parquet ». Les avocats se tiennent derrière la barre qui ferme le parquet, d'où le

Séance au palais de justice de Rouen (XVe siècle).

terme « barreau » pour désigner l'ensemble des avocats. Les huissiers sont chargés de garder les portes de la chambre du souverain, de les ouvrir ou de maintenir le « huis clos ».

---

1. Parlement : espace où l'on rend la justice.

Des procès d'animaux

Au Moyen Âge, les gens pensent que Dieu les punit de leurs péchés en laissant le diable habiter le corps de leurs animaux. Par exemple, une truie qui dévore un enfant est accusée de sorcellerie. Elle est donc habillée, jugée comme un être humain, et pendue ! Certains avocats défendent même la cause de ces bêtes.

● À LA COUR DE L'ÉVÊQUE

Les tribunaux ecclésiastiques jugent les clercs mais également toutes les affaires qui mettent en jeu l'obéissance à Dieu et les questions spirituelles. Ils sont surtout sollicités pour des affaires d'ensorcellement d'animaux.

● LES PARLEMENTS

Au XVe siècle, plusieurs parlements sont créés en province. Ce sont des cours de justice qui jugent, en dernier ressort, toute affaire criminelle ou civile. L'espace dédié à la justice n'est plus privé mais devient peu à peu public. Les parlements peuvent prendre des décisions concernant l'organisation et la sécurité de la ville. Ils sont composés de juges, de procureurs, d'avocats et de présidents nommés par le roi.

Jeanne d'Arc sur le bûcher (1431).

Cauchon juge Jeanne d'Arc

Dans le procès de Jeanne d'Arc, l'abbé Cauchon reproche à la jeune femme ses vêtements d'homme, sa tentative de suicide (elle a tenté de s'évader en sautant d'un donjon), ses visions (signes de sorcellerie pour l'abbé) et son refus de soumission à l'Église (elle aide le futur roi à reprendre le trône contre la volonté de l'Église). En 1431, elle est ainsi condamnée à être brûlée vive sur la place du Vieux-Marché de Rouen.

L'ENQUÊTE

Comment se déroule un procès ?

Quand une plainte a été déposée, on réunit le plaignant et l'accusé. Le plaid[1] suit alors un déroulement qui varie au cours des siècles. Pour chercher la vérité, on utilise la torture mais aussi la peur de l'accusé, car l'aveu compte plus que la vérité...

● LE DÉPÔT DE PLAINTE

La plainte est déposée dans un bureau prévu à cet effet : le greffe. Le plaignant demande ainsi à être entendu par le roi ou son représentant. La requête est inscrite sur un rouleau de parchemin[2] («rôle»). Lors du procès, les plaideurs[3] seront introduits à la cour de justice dans l'ordre de leur inscription, « à tour de rôle ».

● PLAIDER

Le plaideur est soit l'accusé, soit son avocat. Au début du Moyen Âge, l'avocat choisit de défendre l'accusé qu'il veut. Il ne demande pas à être payé pour cette tâche. Mais à partir du XIIIe siècle, une loi confère à l'avocat le titre de « Maître » et fixe le montant minimum des honoraires. Les plus pauvres se défendent donc le plus souvent tout seuls.

● LA PROCÉDURE INQUISITOIRE

La procédure inquisitoire apparaît au XIIIe siècle. Le juge est chargé d'obtenir des preuves. La méthode privilégiée est l'aveu car, au Moyen Âge, c'est la preuve incontestable de la culpabilité de l'accusé. C'est ainsi qu'apparaît la pratique de la torture. Cependant l'aveu ne peut à lui seul emporter la condamnation, il doit être accompagné d'indices.

● LA PROCÉDURE ACCUSATOIRE

La procédure accusatoire est la plus ancienne des procédures. Elle est orale et publique. Le juge n'a qu'un rôle d'arbitre. L'accusé et le plaignant sont placés face à face. L'accusé se défend simplement en proclamant son innocence : c'est le serment purgatoire. Pour vérifier son innocence, on a souvent recours à l'ordalie (ou jugement de Dieu).

---

1. Plaid : nom désignant le procès au Moyen Âge.
2. Parchemin : peau d'animaux lavée, grattée, séchée et apprêtée pour l'écriture.

3. Plaideur : personne qui soutient quelque chose ou quelqu'un en justice.

Un exemple d'ordalie

En 1114, un paysan est accusé de sorcellerie par ses voisins. Comme l'évêque du diocèse chargé de le juger ne parvient pas à prendre une décision, il s'en réfère à Dieu et soumet le malheureux à l'épreuve de l'eau. Il est jeté dans un étang, les poings liés. L'homme flotte comme un morceau de bois, il n'a pas coulé. L'évêque annonce alors que le paysan est bien coupable : l'eau est un élément pur qui rejette à la surface ceux qui ont la conscience lourde de fautes ! Le paysan, déclaré hérétique[4], est alors mené au bûcher.

Le plus souvent, il s'agit d'infliger une douleur physique : si l'accusé en sort indemne, il est alors déclaré innocent, la puissance divine l'ayant innocenté… !

● LA QUESTION PRÉPARATOIRE

Au Moyen Âge, on essaie de contrôler les dérives par la mise en place de la question préparatoire. On effraie le condamné en lui présentant différents instruments de torture. On le déshabille, on l'attache puis on le laisse tout seul avec ses angoisses. Généralement, l'accusé avoue avant même d'être torturé.

● AUTRES QUESTIONS

Les supplices varient selon le criminel et la nature de son crime : la question ordinaire regroupe les tortures les plus supportables, et la question extraordinaire aboutit généralement à la mort de l'accusé. Le principe de ces tortures est que l'on doit payer par là où on a péché, d'où une multiplicité d'instruments de torture. Par exemple, les femmes accusées de bavardage doivent porter un casque qui comporte une languette barbelée pénétrant dans la bouche.

Prisonniers et bourreaux, XIe siècle, British Museum, Londres.

4. Hérétique : personne considérée comme hostile à la religion catholique.

L'ENQUÊTE

5 Quelles sont les peines ?

Pour dissuader malfaiteurs et criminels, la justice médiévale recourt à des peines lourdes allant jusqu'à la peine de mort. À la fin du Moyen Âge, les procédures sont moins violentes et le roi accorde sa grâce à un certain nombre de condamnés.

Le droit d'asile

Pour le condamné, il existe au Moyen Âge un formidable privilège : le droit d'asile. C'est la possibilité d'échapper à la justice en se réfugiant dans un lieu saint ou de recueillement (église, monastère, cathédrale, etc.). Le condamné qui s'est échappé de la prison et qui a réussi à gagner un monastère peut y finir ses jours en toute sérénité, même s'il s'agit d'un redoutable criminel ! Il peut aussi quitter le monastère quand on ne parle plus de lui et qu'on a oublié son affaire.

● DE L'AMENDE À LA PRISON

L'amende est la peine la plus commune et la moins lourde. L'argent perçu est alors reversé au roi, cela constitue le trésor public. Si l'accusé n'a pas d'argent pour payer, il subit une autre peine : le pilori ou « prison ouverte »[1]. Il peut aussi aller en prison.

La prison au Moyen Âge

La prison est bien différente de celle que l'on connaît aujourd'hui. Les gens qui exercent la justice (seigneurs, évêques, abbés, rois) ont généralement leur propre prison. Dans la plupart des châteaux forts, on trouve des cachots ou des prisons. Le prisonnier peut recevoir de l'eau et du pain, mais c'est selon le bon vouloir du maître des lieux. La surveillance n'est pas très bien assurée car personne ne recherche particulièrement cet emploi. Pour éviter les évasions, on enchaîne les prisonniers par les jambes, les bras, et parfois le cou. Et on prévoit de lourdes peines pour celui qui tente de s'évader.

---

1. On met au condamné un collier en fer, relié à un poteau par une chaîne. Pendu à son cou, un écriteau indique la nature du délit (vol, etc.). Le suspect reste ainsi plusieurs heures voire plusieurs jours.

Condamnation et supplice des Amauriciens (partisans d'Amaury de Chartres) en présence de Philippe Auguste (extrait des Grandes chroniques de France), xvᵉ siècle, manuscrit, BNF, Paris.

● DE LA MUTILATION À L'EXÉCUTION

Les grands criminels ou les récidivistes sont fouettés, mutilés ou marqués au fer rouge. Mais l'ultime sanction demeure l'exécution sous toutes ses formes : guillotine, noyade, lapidation, bastonnade, pendaison, écartèlement... Le type de mort est défini en fonction du délit : les faux-monnayeurs sont bouillis dans un chaudron, les juifs, les hérétiques ou les sorciers sont brûlés... Avant l'exécution, le condamné est placé dans une charrette (« la charrette d'infamie ») et la population peut à sa guise l'insulter et lui jeter de la boue.

● UNE JUSTICE DE L'EXEMPLE OU UNE JUSTICE EXEMPLAIRE ?

À la fin du Moyen Âge, on pend les criminels et on expose leur corps à la périphérie des villes pour dissuader les malfaiteurs. Ainsi, le gibet de Montfaucon, à Paris, s'élève sur trois niveaux. On peut y pendre jusqu'à trente personnes par jour ! Mais le roi et certains princes accordent leur grâce à beaucoup de condamnés. Ainsi Charles V, à son arrivée à Rouen en juin 1364, accorde un certain nombre de lettres de rémission. À l'époque de *La Farce de Maître Pathelin*, le nombre de ces lettres prouve que la grâce royale l'emporte largement sur la peine de mort qui reste rare.

Petit lexique de la farce

Aparté — Réplique prononcée à voix basse par un personnage, sans qu'elle soit entendue par un autre personnage présent sur scène.

Argument — Raison que l'on avance pour convaincre.

Dénouement — Résolution des intrigues à la fin de la pièce.

Didascalie — Indications scéniques destinées à la mise en scène. Elles figurent en italique dans le texte.

Double énonciation théâtrale — Principe selon lequel le personnage qui s'adresse à un autre personnage sur scène (énonciation 1) est aussi entendu par le public (énonciation 2).

Équivoque — Mots, expressions ou situations qui ont un double sens (ex. : manger de l'oie).

Farce — Petite pièce de théâtre comique. Elle met en scène la tromperie et la ruse des gens du peuple.

Mise en scène — Choix esthétiques et organisation des éléments qui servent à la représentation (comédien, costume, lumière, décors…).

Monologue — Extrait où le personnage parle seul sur scène.

Onomatopée — Mot suggérant un son (ex. : Atchoum, Bée).

Quiproquo — Situation où l'on prend une personne pour une autre, une chose pour une autre.

Retournement de situation — Renversement de l'ordre attendu des choses.

Satire — Dénonciation ou critique par le comique des vices et des défauts d'une époque (ex. : la satire des médecins ou des hommes de loi).

Tirade — Longue réplique d'un personnage.

Tréteau — Estrade constituée de planches de bois qui sert de scène de théâtre au Moyen Âge.

À lire et à voir

● TEXTES SUR LA RUSE, FARCE ET FABLIAUX DU MOYEN AGE

Le Roman de Renart, C&Cie Collège, Hatier 2010
La Farce du Cuvier, in « Textes fondateurs 5ᵉ », coll. Œuvres&Thèmes, Hatier 2010
Estula et autres fabliaux, C&Cie Collège, Hatier 2009

● PIÈCES COURTES

Petites comédies, C&Cie Collège, Hatier 2009
Le Médecin malgré lui, Molière, C&Cie Collège, Hatier 2009

● FILMS POUR RIRE DU MOYEN ÂGE

Les Visiteurs, film de Jean-Marie Poiré, 1993
Monty Python : Sacré Graal !, film britannique de Terry Jones et Terry Gilliam, 1975

Table des illustrations

7	ph © Roger-Viollet
8	ph © BnF, Paris
82	ph © Akg-Images
87	ph © Bridgeman Giraudon
88, 89	ph © BnF, Paris
90	ph © Akg-Images / Erich Lessing

2, 31, 64 à 83, 92, 94 : ph © Archives Hatier

Hatier s'engage pour l'environnement en réduisant l'empreinte carbone de ses livres. Celle de cet exemplaire est de : 300 g éq. CO_2
Rendez-vous sur www.hatier-durable.fr

Suivi éditorial : Christine Delage
Iconographie : Hatier Illustration
Illustrations intérieures : Natacha Sicaud
Principe de maquette : Marie-Astrid Bailly-Maître & Sterenn Heudiard
Mise en page : CGI

Achevé d'imprimer en Italie par L.E.G.O. S.p.A. - Lavis (TN)
Dépôt légal: 97159-4/05 - Août 2016